人間滅亡の唄

ShiChirO FukazaWa

深沢七郎

P+D BOOKS
小学館

目次

Ⅱ　私は人間は愛さないが

I

人間は誰でも
屁と同じように生まれたのだと思う

自伝ところどころ

屁《へ》をひるということは悪事を働いたのではないけれど、下劣な行為のように思われるらしい。が、私はそれ程タイしたことでもないと思っている。屁は生理作用で胎内に発生して放出されるもので、人間が生まれることも屁と同じように生理作用で母親の胎内に発生して放出されるのだと思う。私は一九一四年一月二十九日、山梨の片田舎町——石和《いさわ》に屁と同じ作用で生まれた。人間は誰でも屁と同じように生まれたのだと思う。生まれたことなどタイしたことではないと思っている。だから、私の生まれた日などもイイかげんなもので、一月二十九日ではなく実際は四月の何日かららしい。どこの家でも三月以前に生まれた子供と、四月以後に生まれた子供では戸籍の登録が違ったらしいからである。小学校に入学するのは毎年毎年三月で区切るので、四月生まれの者は一カ月の違いで一カ年おくれることになるのである。一カ月の違いで一カ年間むだめしを食わせることになるのだから、どの家でも四月とか、五月生まれの子供は三月以前に生まれたことに登録するのだった。登録の日がおくれると、たしか、五十銭だか？

六十銭の手数料を役場に払わなければならなかったそうである。五十銭や六十銭の手数料なら一カ年のむだめしを食わせるよりもトクなのでどの家でも風習のように、そうすることの方が当たり前だったらしい。この手数料のことをバッキンと言っている。

「ふんとに、半月《はんつき》ばっかの違《ちげ》えで、バッキンをとられやしたよ、こんどの子供《ぼこ》じゃァ」

とか、

「私家《わしらん》じゃァ、六月に生まれたけんどバッキンを払って」

とか、

「ふーん、うまく、さきイとどけて、ふーん、うまくいったなァ」

と、生まれるのがわかっている場合はバッキンを払うのが勿体《もったい》ないので生まれる前に登録しておくこともあったそうである。「さかえ」とか「かおる」とか「ヒフミ」「まさみ」「かずみ」「ひろみ」のような男でも女でもどちらでもいいような名はそんな都合のためにはよく使われたらしい。

小学校の六年生だかの頃だった。

「屁をひって三つのトクあり、腹スキズキとココチヨシ、人に嗅《か》がしてココチヨシ、屁はケツの穴のソージ」

という格言のような言葉を教えてくれたのは、いとこのチヨ子さんだった。

「誰に教《おさ》わった?」

「ネーさんから教《おさ》ァたジャン」

「ネーさんは誰に教《おさ》わった?」

「前《めえ》の家《えー》のオジさんに」

とだけで、誰が考えだした格言だか知らない。が、子供が生まれることもこの格言があてはまると思う。女親はお産がすめば腹の中はスポッと、ラクになるので腹スキズキとココチヨシだし、みんな周囲の者に嗅がせるように見せてよろこんだり、父親には生理作用では掃除のふうなつもりかも知れない。

とにかく私は生まれてきたのだった。山梨では子供のことを「ボコ」と言った。子供の生まれたことを「ボコをモッた」と言って、にわとりが卵を産むことも「たまごをモッた」と言うのだった。養蚕が盛んな土地で蚕のことは「おボコさん」と言って、人間の子供のことはただ「ボコ」だが、これは、蚕は繭になって銭《ぜに》と同じなので人間の子供より尊いからかもしれないが、私は蚕も子供も同じぐらいの物ではないかと思う。

或る時、私は「地球はまるいものだ」ということを知った。

或る時、私は地面を這《は》っている蟻《あり》を見て、「ハハァ、人間も、こんなふうに地球の上を這いまわっているのだナ」と思った。

十三歳だか、十四歳の頃だった。私は甲府の楽器屋に吊《つる》さっている中古品のギターに見とれた。

（こんな、美しい型のものを）と、十四円五十銭の古いギターを父親にせがんで到頭買ってもらったのだった。そうして、これは、ギターを弾くことは三十歳になっても四十歳になってもやめないのだ。きっと、六十歳ぐらいになっても弾くのだ、と思う。

やはり小学生の頃だった。或る日、私は受持の先生に職員室へ呼ばれた。その先生の机の上には一枚の絵が置いてあって、私はそれを、（見たことがある絵だナ）と思って眺めていた。それから、その先生はその絵を私の目の前に押しつけるように見せた。

「クチャクチャクチャ」

と先生は口をとがらせて、なにか不機嫌な口ぶりである。その絵は画用紙に黄色いクレヨンでマルが画《か》いてあって、その上に紫色で三角のスジがひいてあるのだった。「写生を画いてこい」という宿題で私は電気のカサと電気の球を画いて出したのだった。寝ていて、宿題のことを思いだして、電気のついている有様を画いたのだった。電気は明るいから黄色で、カサは白いが画用紙が白いのでカサの白さと紙の白さをわけるために紫色でカサの形にスジをひいたのだった。その時先生は、

「この絵は、この前にも画いてだしたぞ」

と怒っていたのだった。そう言われれば私はその時、そんなふうな気もしたのだった。私は前に一度画いた絵をまた画いて出したのだった。私は絵を画くことが嫌いだった。自分に興味のないことはすぐ忘れてしまうのだった。忘れっぽい性質の上に、自分に関係のないことは何度出逢っても忘れてしまうのだった。よく、「トボける」と言われることがあった。そのたびに私は、(あんまり忘れっぽいから、そんなふうに思われても仕方がない)とあきらめることにしている。

絵を画くことが下手なので、字で書くことの方が私にはヤサシイことに思えた。私は書きたいことがよくあって、短歌や詩や、コントのようなものをときどき書いたことがあった。あとで考えれば、中学の四年生頃のような気がするが、はっきり覚えていない。ギターを弾いたり、短歌や詩を作ることは、ほんとに、ちょっとした時間だが、たのしいことだった。書いて、すぐ、その場で破ってしまって、ジャーッと破るのも好きだった。

私が片眼だということを知っている人は少ない。右眼は全然ダメで左眼しか使っていないのである。小学校の時は「メッキ」とか「カクッさん」と私は呼ばれた。そんな呼名をしたのは近所の私の友達か兄弟の友達だけだが、その頃の私の遊び相手のすべての人なのである。家の者では兄弟だけだった。眼医者さんが、「角膜が悪い」という診断なので「カクマク、カクマク」と言われているうちに「カクマクさん」と呼ばれて「カクッさん」となってしまったのだった。この「カクッさん」という名はカラカウ名で、そう言われるのが私は口惜しかったが、いまはなつかしい名である。この「角膜が悪い」私の眼は治療しても右眼は全然視力がないままで終わって、私は左眼だけでこの世を過ごすことになった。

「片眼だけで見ると立体的には見えなくて平面的にしか見えない」

ということを弟が私に教えてくれたが、私はそんなことは関係ないと思っている。景色とか、人の顔とか、建築物など平面的でも立体的でも私は平気なのだ。私はなんでも自分の眼に見えるだけでいいのである。「偏見だ」ともよく言われるがそれでもいいのだ。私は自分ひとりの世界だけでいいのだと思っているので、片眼だから寂しいと思ったことはなかった。父は生前、私を「メッキ」とは言わないで「ドクガンリュウ」と言って、それは私を「わがまま」という代わりの言葉だった。

眼を病んだのを覚えている遠い日の光景は、家から二キロぐらい西の、甲府へ行く街道の、今は甲府市和戸町《わどまち》だが、その「和戸のネズさん」という眼医者さんの治療室である。私の覚えている光景は、せまい椅子に腰掛けさせられて、まわりの人だちに押さえつけられて、片方ずつ眼をひろげられて、黄色いクリームのようなクスリを太いガラスの棒で眼の中へ一杯つめ込まれるのである。そうして、私は全力をだして机の上に並んでいるガラスの薬ビンを両手で

「ガーッ」と落して、毀《こわ》すのだった。

「暴れる暴れる」

と騒がれたけど、私は（そうすれば、やめてくれる）と思ってしたので、この光景は、いつでも、夢のようだが、あざやかに覚えている。

それから、あの夕立の光景も子供の私にはスゴかった。眼医者さんから帰る時になってスゴイ夕立になった。まッ暗になってしまった天にピカッと光る稲光《いなびかり》は眼を切るようだし、カラカラと竹を割るような音は耳が裂けるようで、私は「オフイやん」という女中におぶさって通っていたのだが、オフイやんも女なのでふるえあがって帰れない。電話もない時だが、家から「イワキッちゃん」という印刷工が傘を持ってきてくれたのだった。ハダシで蓑《みの》を着て番傘を持ってきてくれたイワキッちゃんの背におぶさって顔を背中に押しつけたまま家に帰ってきたのだった。家でも、

「まあ、あんなでかいオカンナリさんは見たことがねえ」

と、みんなが言っている程、大きい雷だった。オカンナリさんというのは雷のことである。

中学の時、

「眼鏡をかけろ、眼鏡をかけろ」

と先生に言われたり、父にも言われて眼鏡をかけることになったのだが、父と一緒に眼鏡を

買いに行った。バカな眼鏡屋で、

「これでも見えんか、これでも見えんか」

と言ってレンズをとりかえて、父と何か話して、

「二度の眼鏡よりホカにはねえ」

と、その、二度の眼鏡にきまったのだった。右が二度で左はそれより軽いのだが、片方が厚いので重くてかなわなかった。それに、そんな眼鏡をかけてもかけなくても少しも変わらないのである。ときどき、左の眼で右の眼鏡をのぞいて、

「小さく見える、小さく見える」

と私は玩具《おもちゃ》のようにしたりしたものだった。右眼は眼鏡をかけても、かけなくても、同じでぼーっと、ただ、霧のように見えるだけなのだった。あとで考えると、あの眼鏡屋は「実に馬鹿な奴」だと思う。「二度より強い玉は甲府にはねえ」と言って二度の眼鏡を入れてくれたのだが、強い度の眼鏡をかけさえすればそれでいいと思ったらしい。それが、その頃の検眼なのである。

そうして、いつの間にか私は眼鏡などかけなくなってしまったのだった。それでも、眼鏡をかけていたのが二カ年間ぐらいだった。（私もバカだったナ）と、このことを思うといつも腹がたつ程だ。片方だけ重いレンズの、キモチの悪いほど厭《いや》な眼鏡を「かけなければいけない」

と私自身もそう信じていたのだった。かけてもかけなくても同じなのに、かければよく見える筈だと私は思い込まなければならなかったのだった。

私がギターを初めて弾いた頃は、ギターという楽器は珍しい物だった。

「なんちゅうもんでごいすか？　こりゃー？」

と誰でもにきかれて、

「いい音《ね》のするもんでごいすねえ」

とみんなが言った。

「弾いておくんなって」

と誰にでも言われて、私は聞かせるためにうまくならなければならなかったのでもあった。

私が二階でギターを弾いていると表の通りの軒下にたたずんで聞いている人がよくあった。いつだったか、外から父が帰ってきて、家の前に大勢集まっているので（ナニゴトが起こったか？）と驚いて家の中に飛び込んだことなどもあった程だった。みんな、通りがかりの人達で、立ち止まったり、たたずんだりしてしまうのだが、私がびっくりしたことは、その人達の中に老人も多いことだった。

（年寄りが、ギターの音を）と、意外に思う程、老人だちにも聞かれたものだった。石和は町だが農村の中の唯一つの町で「宿《しゆく》へ行く」と村の人だちの買物の町だったから夜でも人の通りは割合多かったのである。

「まっと、ひいておくんなって」

と、私がギターをやめて遊びに出かけようと表へ出ると、表でよく言われたものだった。弾くのがアキて、やめてしまったのに、いやいやながら弾かなければならない苦しい立場になったときもよくあったりした。

「そんねんヒケンさー」

そう言って逃げてしまうこともあったが、これもイヤな気持のものだった。

「私家《わしらん》のうちへきて弾いておくんなって」

ともよく言われたりして行かなければならないことなどもあった。そんな時、行くと、そのひとは自分より家の者だちに聞かせたいらしいのだった。田舎の農家では楽器を見ることが初めての人も多かったのである。いや、弾くことよりも楽器を手に触れることさえ喜びのようだった。

私の中学時代から、その後のブラブラした怠け者みたいな生活はそんな日で過ぎたのだった。

田舎では、よく、

「ムスメのうちへお茶をヨバァれに行く」

ということが風習のようにあった。ヨバァれに行くということは呼ばれて行くのではなく、こちらから出かけて行ってお茶を出してもらうのである。農村の青年達は夕飯が終わると二、三人ずつ組になって娘のある家に出かけて行くのだった。私が初めてムスメの家にお茶をヨバァれに行ったのは、たしか、中学一年の二学期だった。その頃、中学生は「学生、学生」と呼ばれて知識人の中に入れられたらしい。中学生はお茶をヨバァれに行く者などなかったが、私は農村の青年達――みんな年長者だが――と同じように遊び相手だったので行動も一緒だった。農村の青年は「おわけえ衆」と呼ばれていた。私は中学生とも遊んだり、おわけえ衆とも遊んだのだった。

「あれ、おいでなって」

とか、

「まっと、こっちへ、おいでなって」

とそのムスメのある家では座ぶとんなど出してくれるのだった。私が初めて行ったのは年上のおわけえ衆の「しっぽについて行く」という行き方で、たしか、ぶどうの色づく頃で、そのムスメのある家のぶどう棚の下の縁側にずらりと並んで腰掛けたおわけえ衆の一番隅で、便所に近いところだった。

「けさァ、おそく、たんぼへ行かけやしたねえ」とか「あそこのうちじゃ、早くカボチャ切らなきゃァ」とか。

そんな、タイしたこともない話をその家の人だちと交わしているうちに、土間で、ムスメか母親がポキポキポキと膝で桑の木を折る音がしてヘッツイに火がついて家の中が煙だらけになってお湯が沸くのである。ムスメか母親がお茶をついだ茶碗を差しだしてくれるのであるが、豆のゆでたのをだしてくれる家もあったり、ジャガ芋の煮たのを出してくれる家もあったり、桃や、ぶどうや、梨や、時季のお茶うけを出してくれたりしたものだった。そして世間ばなしをして帰ってくるだけだが、その家を出てくると、

「ダレダレの顔を、チラッと睨《にら》んだから」

とか、

「ダレダレが行くと、ソワソワするぞ」

とか言って、その家のムスメが誰を好きであるのか見当をつけるのだった。同じ家ばかりに行く組と、毎晩毎晩行く家の違う組があった。私はハバの広い方でいろいろな家を廻った。お茶をヨバァれに行くことは私の癖になって、私は毎晩のように出かけたものだった。ギターをかついだり、自転車で出かけたりしたものだった。燈火のない、暗い、田舎道を無燈の自転車に乗って、二里ぐらいの周辺は当たり前のように思って行ったのだった。夜おそく、その村へ行ってそこのおわけえ衆を誘って、お茶をヨバァれに行って、ムスメの家の戸を叩いて、その家では、寝巻姿の女親が起きてきて、着物を着替えてお茶を入れてくれたことなどもあっ

た。そんな時は母親だけしか相手に出てこないのである。お茶をのみながら、むこうでもポカンとした顔つきで世間話の相手をしてくれるのだが、こちらでもポカンと間の抜けたものだった。お茶をヨバァれに行く相手の家は「あれが、庶民の家だった」と、私はこの記を書きながら気がついた。

友人の、「お大尽《でえじん》の家」に行ったことなどもあったが、そんな家はシカツメらしく、勿体ぶった待遇なのでお茶をヨバァれに行くような、気楽なものではなく、ツマラナイことだった。私の中学の頃や、その後のブラブラした生活はそんな日で過ぎたのだった。そうして、ずーっと、私は遊んで日を過ごしたのだ。遊ぶことにアキて、私は時々、好きなこと、書くことをときどきやった。ときどき書いて、破って、そのうちに『楢山節考《ならやまぶしこう》』になったのだった。私の家は印刷屋で、書いたものを活字にする商売なのである。だから私は活字にする魅力などなかったが、いつか、うまい小説が書けたら自分の家で印刷して、記念品のようなものを作って、友達などに読んでもらおうと思ったりしたこともあった。が、それは（老人になってからだ）と思っていた。

『楢山節考』が活字になったのは自分の家の活字ではなく雑誌社の活字だった。直感で、（アレ？ もっと、年をとってからだと思ったのに）とはずかしい程予定より早いことだった。その年、私は四十二歳の厄年《やくどし》だった。印税や原稿料が舞い込んできたのはアブクゼニが入ってきたようで、これは厄年に厄を背負い込んだのではなく「運がいい」のだと思い込むようになった。周囲の人達も私が小説を書いていることなど知らなかったので、私は急に「見直した」とよく言われたものだった。この「見直した」という言葉は私にはゴキゲンだった。私は自分の着ているふだん着を褒《ほ》められたように嬉しくなったのだった。私が好きで着ていたふだん着を「その柄は、実にいい柄だねえ」と言われた得意さもあったのだった。

そんなことは私の周囲の者や友人などだけで、それから、とんでもない奥深い洞窟《どうくつ》のようなところへもぐり込んで行く探険隊の中にまじった。怖《お》っかなびっくりで泣きだしそうな冒険隊の一員になったように、小説を書くという道に私は進んだのである。

『楢山節考』が当選したことは、その雑誌社の受付へ行って——受付は郵便局の窓口のようなところだと思っていた——賞金を貰って帰ってくるだけだと思っていた。ところが、小説を出すことは冒険家のようなことで、次の小説を出すのは入学試験を受けるような当落の危機にある冒険なのである。いや、死刑囚のような気持でもあるのだ。

（厄だナ）と思ったり、（運がいいナ）と思ったりして、私はまだはっきりきまらない。

私がきめたことは、遊び飽きた私の人生は急用が出てきて忙しくなったようなあわただしい生活になったことだった。そうして私は、遊び飽きたのに、また遊びたくてあせりだしたのである。私の遊びというのは、以前とは違って、他人の生活を眺めることに変わったりしたのである。そんなことが好きになったのは、私は、もっと小説を書きたいからなのだろう、ときめたのである。

私の青春時代は軽い肋膜炎《ろくまくえん》を病んだことがきっかけで、それから重い肋膜炎になったりした。胸部疾患の一種で、これが「弱い弱い」とか「痩《や》せてる痩せてる」とか、と言われて私はブラブラ遊んでいていいのだった。中学を卒業して一度と、たしか、三十二歳だかの時と、湿性と乾性と、相反した二種類の肋膜炎を病んだことも意外だった。二度とも長く病んで、

「ロクマク六年」

と医者が言ってくれて、私は、

「六年間は病人だ」

と自分でも宣伝して、遊んでいていいのだった。この六年間は次の病気の六年間まで合計十二年間だが、第一回の時と第二回の病気の時では十年間もまをおいているので全部では十六年間だった。つまり私は二十歳頃から三十六歳頃まで病人でいたのだった。

私は、この病人時代で世間から離れた人生を作ったのだった。そうして、これは、私の「思うツボ」だったのである。

中学は石和の町から一里半、笛吹川の上流の日川《ひかわ》にある今は日川高校だがその頃は日川中学校で、私は一年と二年の時は徒歩で通学した。革の編上靴が規定だが、靴は靴ズレがするので

下駄ばきが好きだった。靴の紐《ひも》と紐をむすんで振分けのように肩にぶらさげてタバコをプカプカ吹かせながら笛吹の土手を歩いて通ったのだった。タバコは吸うというよりふかせるように吸ったのが、中学に入った入学式から二、三日たってからだとよく覚えている。「ダテたばこ、ダテたばこ」と家の印刷工場の職工さんだちにからかわれたりしているうちに、タバコが好きになってしまったのだった。タバコをのむのは中学生はいけないことで、小学校の同級生の杉田五平《ごへい》君――今は山梨県の県会議員である――は甲府商業学校だがタバコを吸って学校から父兄の呼びだしを受けたのだった。彼と私は家が近く、学校はちがったがよく遊んだ仲間である。その日、彼の家に遊びに行ったら彼の母親はプンプン怒っていた。「ヒチローさん、学校の先生も無理を言うジャン。俺家《おらん》の五平がタバコのんだって、私《わし》に学校へ出てコーだって、そんな事《こん》じゃァ、おわけえ衆がよそへ行って、〝イップクおつけなって〟と、タバコをだされたらどうするずら」

と学校の先生を怒っているのだった。

「ホーさ、ホーさ」

と私も同感したり、

「それだけんど、オバさん、タバコをのんじゃいけんだよ」

と私はなだめたことを覚えている。彼と私ではこの時のことがよく思い出されて話すのだが、私は割合早くタバコをのんだ方である。私の弟もタバコを早くのんだ方である。弟は中学二年の時に、朝起こされるにはタバコで起こされたのだった。私の母はタバコに火をつけて、ちょっと吸って——母はタバコをのまなかったので煙《けむ》そうな顔で吸って、火をつけて、

「テイゾー、テイゾー」

と起こすのだった。そうすればすぐに起きるので、

「テイゾーを起こすにはタバコにかぎる」

と言われて、私の友達はみんなタバコが好きだった。

特別仲よしは同じ町の太田孝君で、これは弟と一緒にギターの仲間で、みんな「ギター狂」だった。今も、この三人はギター狂である。

囲碁を教えてくれたのも杉田君の母親だった。中学一年の夏休みで、はじめ杉田君が教えてくれてそばで彼の母親が指図のように指導してくれたのだった。麻雀《マージャン》もやったり、ギターも弾いたり、囲碁やトランプなど私の家の二階は遊び道具が沢山あって、笛吹川を下る通学の者はみんな私の家で道草をくったのであった。

三年生から私は自転車で通った。上級生も下級生もみんな私の家の二階に集まって、「いつ、うちはくるま屋になった」と、私の父は文句を言うように怒ったものだった。家の前に自転車が十台も十五台も置き放すように道路をふさげたからだった。

「十台や二十台じゃアねえ、家の中へ出はいりが出来んじゃアねえか」

と父が二階へ怒りにきたものだった。

日川中学は笛吹川へそそぐ支流の日川にあって、武田家滅亡の時、天目山《てんもくざん》の途中の崖角《がけかど》で土屋惣蔵《そうぞう》が片手斬りで敵を倒し、「片手で岩角につかまって、片手で敵を斬っては谷底に蹴落《けおと》して、三日間、血の河となった」という伝説の三日川《みつかがわ》が日川となった名の川である。中学の時、歴史の先生が武田家の話にくわしかった。笛吹川の東を「峡東《きょうとう》」と呼んで、

「何々守《なになにのかみ》という武田の二十四将は伝説で、二十四将らしきものは皆、この峡東の百姓がなったものだ」

と言っていた。そうして、日川中学生のことを「日中《にっちゅう》健児」だとか「峡東健児」だとかというのは武田の二十四将につながるものだとか言って、「栄《はえ》ある」とか「がんばれ」とかという合言葉だった。

私はそんなことは全然感じなかった。私は自分は身体が弱く、遊ぶことが好きで日を過ごせばいいのだと思っていた。

中学一年の二学期から、

「勉強をしないから預ける」

と父に言われて、小学校六年の時の受持の先生の家から学校へ通ったのだった。一宮《いちのみや》村の竹《たけ》

原田《はらだ》の岩間先生の家で、農家だった。

二学期に少し成績がよくなったので三学期からまた家から通学した。この農家の生活は私には不思議なことばかりだった。生活様式も違うし、農村の人達と友達になったからである。そこで、百姓の生活が好きになって、私の将来の希望は「百姓になりたい」と思う程だった。

「とても、百姓になんかなれるもんか」

と誰にでも言われて、あきらめたのは、好きでなりたいのだが自信もなかったのである。

中学の成績は悪かった。成績は、悪かったが淋しくなかった。家で勉強をしたことは一度もないので成績が悪いのは当たり前のことだと思っていたからだった。

「勉強は学校で授業を受けるだけで沢山だ」と私は思っていたのだった。私が学校の勉強をしたのは小学校六年生の時、日川中学を受けるために受験勉強をしたことだけである。それも、夕方、小学校の六年生の教室──私の教室だが──だった。私はその時、学校の庭に遊びに行ったのだった。ふと、私の教室の方を見ると電気がついているのである。不思議に思って教室を覗《のぞ》きに行った。教室の隅のゴミの掃出口から見上げると、教室の机の前には同級生の男女がきちんと勉強をしているのである。

（みんな、勉強の出来る生徒たちだ）と私は怖《こわ》くなった。（勉強がよく出来る上に、まだ勉強をしているのだナ）と私は恐しくなったのだった。

「ヒチロー、こっちへコー、お前《まん》は居残りをシんのーかッ」

と正面には受持の先生がいて、私は見つけられて、受験のための特別に受ける勉強をやらされたのだった。

「とても受かるもんか、お前《まん》なんか」

と先生だちは私の顔を見るたびにそう言ったので、私も受からないものだとばかり思っていた。運命は変なもので私は受かってしまったのだった。

「よかったなァ、ふんとーに」

と保坂先生という女の妊娠して大きい腹の先生が渡り廊下で逢って嬉しがっていたこともあざやかに目に映っている。中学が受かれば父兄が小学校の職員室へ行って、先生がたにお礼を言いに行くことになっていた。私の家では父が行って、

「まぐれ当たりで受かりやしたよ」

と頭を下げているのも私は外で覗いていた。親戚《しんせき》の人達などがきて、

「よく受かったなー」

と言うので私は父の真似をするのに「まぐれ当たり」を「まぐろ当たり」と覚えていたのだった。

「まぐろ当たりジャンけ」

と言って笑われて、そうして私は父が「まぐれ当たり」と言ったのだと知ったのだった。これもトボけたのではなく、ほんとに私はそんな風な間違いをよくしたものだった。

「十三で、早生まれで、よく受かったなー」

とよく言われた。早生まれと言うのは三月以前に生まれた登録の者のことで、遅生まれというのは四月以後に生まれた登録のことだった。早生まれの者は同級生の中でも背が低く、頭の発育もおくれていることになっていた。これは、小学校に入学する頃のことだけではなく小学校を卒業するまで、早生まれだとか遅生まれだとか言われることになっていた。早生まれの者は生年月日を早くして登録した者が多かったからかも知れない。遠足などの時でも、

「早生まれだから可哀想でごいすよ」

と、言われたものだった。

私は早生まれの上に、

「ワセだな」

と言われたのは、思春期や、タバコをのむのが早かったからだろう。

笛吹川は石和の町の東を流れているが明治の水害までは西を流れていて、石和の町も笛吹川の川底のような土地で土質も砂地である。笛吹川は石和辺を流れる間は鵜飼川《うかいがわ》とも呼ばれていて謡曲の「鵜飼」のテーマの川である。前は、笛吹川と鵜飼川では違う川らしいが、よく氾濫《はんらん》

するので今は一緒になってしまったらしい。同じ川を笛吹川と呼んだり、鵜飼川と呼んだりしているし、笛吹橋の下の橋は鵜飼橋なのである。鵜飼橋から下は笛吹川としか言わないから鵜飼川と呼ばれるところは五百メートルぐらいしかない。『楢山節考』が出た当時、山本健吉先生が「週刊朝日」に「石和というところは謡曲の鵜飼だ」と指摘されたが、私の町は西も東も伝説で囲まれている。東の伝説「鵜飼」は殺生禁断の鵜飼川で、勘作という鵜使いが魚を取ったので、生きているまま穴の中に入れられて石で埋められる石責めの刑にされる話である。「鵜飼勘作の墓」は今でも土手の下にあって、鵜飼勘作の怨霊《おんりよう》は人魂《ひとだま》になって「毎晩、石和の町じゅうを飛んだ」と言われる男の怨霊である。幽霊は女の方が多く、男の幽霊は珍しいが、石和の町の西の「小松怨霊」というのも男の幽霊である。和戸の「怨霊屋敷」というのは今も荒れたままで、戦時中は玉ネギなど作った者があったらしいが、

「誰が住んでも悪いことばかりだ」

と言って嫌われている土地である。婿入りの約束までした男が女に裏切られて、

「そんなことじゃア死んでしまえ、男のくせに、なんだ」

と言ったのは男の姉さんだそうである。この言葉は私の母から聞いたのだが、口で伝えられた話なので書物ではない伝説である。この男は鎌で腹を切って死んで無数の蛇になって、相手の女の家にも、自分の生まれた家にも祟《たた》るという「小松怨霊」の小松は笛吹橋の北の「小松」

という場所だそうである。

石和は「石和の三《み》つ葬式《とぶれえ》」と言われて、一つ葬式が出ると三つ続いて出るということになっていた。「出る」ということは町のうちのどこかの「家から出る」ということである。だから、誰か死ぬと、

「この次は誰だろう? その次は?」

と首をかしげたり、その時、病んでいる老人などは、

「アア、あそこのオジイさんが死ぐら」

などと指を差されるように死ぬのを待たれたり、思いがけなく、東京などに移って暮している人が死んで郷里の石和の寺へ埋葬される知らせがきたりして、

「やっと、三つになった」

と、ほっとすることなどもあるのだった。また、石和では「とうもろこしを作ってはいけない」「蚕を飼ってはいけない」「ぶどうを作ってはいけない」と言うのが町の中の氏神の八幡様がそれを「嫌いだ」からと言われていた。だから、ぶどうの名産の山梨でも石和では町の裏の畑でもぶどうは作らないようである。養蚕の盛んな土地だが石和では養蚕をする家はない。

石和はまた賭博打《ばくちう》ちの土地だった。清水《しみず》の次郎長の向こうを張った黒駒《くろこま》の勝蔵《かつぞう》以来やくざの盛んな土地柄で「竹居《たけい》のドモ安鬼《やす》より恐い、ドドともれば人を斬る」の竹居のドモ安の墓は

私の家の裏の横にある。石和の陣屋で獄中に毒殺されたので石和に墓があるが、石和の陣屋は私の小学校――石和小学校が、その跡だそうである。「ドバシ」と言う橋があって、「お仕置《しょーき》場《ば》」へ行く橋なので今でも祝い事の時はその橋は渡らないことになっている。私が覚えていることは黒地に花模様のツノ隠しをした花嫁さんがドバシを渡ることが出来ないので田んぼ道を下流の方へ歩いて、おぶって貰って川を渡っている光景である。おぶっている人は川の中をジャブジャブ歩いて渡っているのだった。私はそのドバシを毎日渡って学校へ通ったのだった。

子供の頃、私の人差指にイボがあったことがあった。私は近所の女の子を呼んできて、

「イボを移してやろうか」

そう言って女の子に手を出させた。私はゴハンを食べる箸《はし》を一本持ってきて、私のイボの所と女の子の手に渡した。

「イボイボ渡れ、いっぽん橋《ばし》を渡れ」

と言いながら右の指で橋を渡るようにかわるがわる両方に指をさした。そうすれば私のイボはそっちへ移って、私のイボは無くなるということを家の女中に教えられたからだった。いつも私はこのことが不思議でならないのだが、偶然にも、その女の子の指にイボが出たのだった。それからかなりたってからだと思う。その女の子の家の前へ行った時、その女の子の両親が口

を揃《そろ》えて、

「俺家《おらん》のムスメにエライことをしゃァがった」

とわめくように怒鳴ったのだった。

（そんなに大事なものかなァ）と私はびっくりした。私がびっくりしたのは大切なものは自分の身体だけで、よその者の身体は少しも大切なものではないと思っていたからだった。このことは私を後悔させて、私は他人《ひと》と話をしているとき、（ああ、この人も、家の人達は大切にしているのだ）と、ときどき、今でも、突然、私はそんなことを考えたりするのである。

思い出は遁走曲《フーガ》のようだ。私は草花が好きでいろいろな花を作ったりしたものだった。種をまいて芽が出るのが好きで庭木にはあまり興味がなかった。菊は「菊之助」と綽名《あだな》をされた程好きで、私のシャツにはまだ近い頃までそんな名があるのが残っている。菊作りもアキて、やめてしまってもう十カ年もたった。戦時中は特に熱心で、石和に疎開している間じゅう夢中だった。

戦争の時、私は雑司ヶ谷《ぞうしや》の護国寺近くの松籟荘《しようらいそう》というアパートにいたことがあった。戦時中なので遊んではいられなく「報国砂鉄製錬株式会社」という会社に勤めていた。京橋の桜橋近くの小さな事務所だけで、二十人位の会社だが、工場は青森方面にあったらしい。のどかな会社勤めだったが「鉄を作る」という堅い会社なのである。

「なんでもいいんだ、勤めてさえいれば」

というつもりの時代だった。私はこの時代に凄《すご》い反戦思想を仕込まれたのだった。雑司ヶ谷の松籟荘のアパートの二階にいて、隣の女の人——どうしても名前が思い出せない、私より少し年上だが、同年配で独身の女性だった。彼女の勤め先は神田《かんだ》のＹＷＣＡでクリスチャンだった。

「戦争など恐しいことですわよ」

と、小さい声で耳許《みみもと》でささやいてくれて、私も同感で、戦争は怖《お》っかないということしか思っていなかった。だが、他人に言ったりすることなどはなかったのである。当時はそんなことを言えば「国賊だ」などと言われる程恐しい言葉なのである。だが、この女の人はそれを言うのだった。

(度胸がいいヒトだ)

と私の方が恐しくなる程だった。が、私はだんだん彼女を尊敬して(クリスチャンになりたいナ)と思うこともあった。もともと私はキリスト教の雰囲気《ふんいき》が好きで聖書を読むのも好きだった。

イエス様も好きだったが、仏教も好きだった。僧侶の経文の声は、ただ聞くだけでも好きだった。(経文の中には、どんなことが書いてあるのだろう)と好奇心みたいな興味がいつもあって、私は大体、どんなことだかを知ったのだった。丁度、万葉集の中の歌はどんな意味があるのだろうと好奇心で読んだように。

　或る朝、私は目がさめた。

「顔へつけるものはないの？」

と夕べ一緒に寝た女が、顔を洗って、化粧水を探しているのだ。私は返事をするのも面倒だった。面倒というより厭だったのだ。厭だというより相手にするのが出来ない程アキてしまったのだった。そこを開ければ化粧水があるけど、

「ナンニモないよ、つけるものなんか」

と、私はふとんの中で相手にしなかったのだった。

私は誰とでも、すぐに仲良しになるが、すぐアキてしまってひとりぼっちが好きだったのである。

「……のである」と書いたり、「……だった」と書いて、現実と過去は遁走曲《フーガ》のようだ。私が初めて書いた小説は「アレグロ」という題だった。音楽ではアレグロというのは速さだけではなく音の質である。早く、鋭角的な音で出てくる曲なので、私はそんな味の小説を書きたかったのだった。が、筋書は少年の恋愛物なので、ただ書いてみただけですぐ破ってしまったのだ

った。それから「二つの主題」というのを書いたことを覚えている。「還暦」という銘のある楽器を恋した男の筋書で、高価な楽器なので買えない貧乏な楽師が金銭と愛情の二つの主題に悩むというツマラナイ小説だった。「狂鬼茄子《きちがいなすび》」「地獄太夫《だゆう》」「白笑《うすらわらい》」と私は諧謔《かいぎやく》的な小説ばかりを書く様になった。「狂鬼茄子」は性病に悩んだ男の物語だし、「地獄太夫」は義賊の鼠小僧が主人公で、「白笑」は処女で嫁に行って不処女だったことを暴露されて、それらの悲しい、おかしい物語だった。みんなツマラナイ小説で、すぐ破いてしまいたくなる程下手だった。音楽の「ロンド」とか「フーガ」とか「変奏曲」のような型を小説の構成に使いたいのが小説を書きたい一番の魅力だが、どれもうまく出来上がらなかった。

ロカビリーが流行するようになってびっくりした。マンボ、ウエスタンも同じで、彼等の瞬間的な、強烈な、二分間か三分間だけの小品物だが自分だけの勝手な、ゴキゲンになりさえすればいい方法、つまり、勝手に、好きな部分だけしかないミュージックにびっくりしたのだった。耳で聞いて頭で考えるという音楽ではなく、身体で受ける演奏方法にも驚いた。

私はマンボやロカビリーやウエスタンのような小説を書きたくなった。短篇しか書けないのはそんなことが影響したのかも知れない。「言わなければよかったのに日記」「初恋は悲しきものよ小車《おぐるま》の日記」「柞葉《ははそば》の母」「思い出多き女おッ母さん」「思い出多き女おきん」の随筆で私は自伝風なものを書いた。自伝は嘘いつわりのない事実なので書くのが楽しい所もあるが、厭な所もあるのだ。除《よ》けて書きたい所もあるが、時がたつと、書きたい所が出てくるのは、やはり、過去はおぼろのように美しいものとなるからだろう。私はこれからも少しずつ、歳月という消化剤を使って書きたいと思う。

私の生涯のたったひとつの武勇伝を書きたい。昭和八年だか九年の頃だった。片眼だけしか見えなかった私は左眼も見えなくなってしまったのだった。少しずつだが左眼が曇ったようになって、「全部見えなくなるなんてことはないだろう」と私は思っていた。それがだんだんひどくなって、「めくらになるナ」と私は覚悟をきめた。不思議なことに私は医者に診て貰うという気持にならなかったのは「とても直らないだろう」ときめてしまったからだった。両眼がぜんぜん見えなくなって、その間、二カ月ぐらいだと思う。私は外出をしなかった。中野の昭和通りの一丁目のアパートに住んでいて、ギターの師についていた時だった。果物を買いに、盲人のように軒と軒の下を手さぐりで歩いたものだった。その時、私は、盲目になったことは人間の臨終と同じだと考えていた。すべてのものを失なってゆく気持は(死ぬ時は、こんな気持だろう)と覚悟をきめていたのだった。それから、もう一つの希望は、時がたてば直るかも知れないという予感もしていたのだった。盲目からまた、うすく見えるようになって、それからだんだんよくなったのだが、元のようになるには一カ年ぐらいかかったのだった。その間、私は杖を使わなかった。杖を使えば完全な盲人になってしまうので厭だったからである。私が凄いと思う武勇伝は、完全に見えなくなっている最中に母が上京してきたのだった。私のことを一番心配してくれる母に、私は盲目になったなどと言えなかったのだった。「風邪をひいた」と言って寝ていて、その母のきている三日間、盲目だと言わずにいることは苦しかったが、私はそれを言わなかったのはステキな武勇伝だと思う。（言ったって、どうしようもないんだ）ときめたのだった。打ち明けても心配をかけるだけで、なるべくその心配をおくらせようと私は戦ったのだった。母は親戚へ行ったりして、そのひまに私は便所へ行ったり、夜は床を並べて寝たのだが母が寝た様子を窺《うかが》って用便に行ったのだった。食事をすることが一番困ったので、（たべたくない）と私は言って、果物ばかり手づかみでたべていた。

後になっても私はこのことを誰にも言わなかった。（言っても信じないだろう）と思ったからである。それ程、不思議な眼の病だった。谷崎先生の『春琴抄《しゅんきんしょう》』、介山《かいざん》先生の『大菩薩峠《だいぼさつとうげ》』を私が好きなのは、盲目の人物が描かれているからだろう。『男の花道』という映画を見て、主人公の役者が盲目になったのを隠しているのを見た時、私はハッとした。（うまいぞッ）と手を握りしめて感激したのだった。『楢山節考』が出てから、C社のHさんが、

「あなたはヒトの顔をよく見ないですね」

と言ってくれたのには度胆を抜かれたように驚いた。私はよく相手を間違えるからである。

「あなたの小説の人物は、顔の形が出てきませんね」

とHさんは言ってくれるので、私は（この人こそ、私は言っても、信じてくれるだろう）と盲目の時のあったことを打ち明けるように話した。

彼は信じてくれて、「よく、わかりますよ」と、同情してくれる程だった。だが、私はそんなことは打ち明けない方がよかったのではないかとも、あとでは後悔したような淋しさにもなった。すぎ去ったことなど関係はないのである。人に同情などされるのは私は嫌いで、いろいろなことで私はその同情されたことがあった。同情などされると私は相手の人が気の毒に思えるのである。

私は何もかも、ひとりで考え、私だけの道で、好きなことをしていれば楽しいのである。私は生まれたということを屁と同じ作用だときめたが、本当はもっとオカシイことだと思う。そのことを言えば笑ったり、悪いことを言ったように思われたり、そのことを書けば犯罪になることなどもあるのである。そんな、変な作用で私たちは生まれたのだから、生まれたことなどタイしたことではないと思うのである。だから、死んでゆくこともタイしたことではないと思う。生まれて、死んで、その間をすごすことも私はタイしたことではなかったのである。

思い出多き女おッ母さん

私は喫茶店とかキャバレーに行って美人を眺めようとは思わない。そういう所に美しい女はいないと思っているが、これは今までそうだったからだ。雰囲気《ふんいき》は好きでよく行くがああいう所にいる女の人は顔の表情が冷たいから嫌いだ。ああいう所に行って「陽気になって、気が晴れる」という人があるが、ボクは反対だ。なんとなく淋しくなるのだ。私は普通の、カタギの女に美しい顔、表情を見つけることがある。そうして、いろいろな思い出の多い女が随分あるが、一番思い出多い女はおッ母さんだ。今の女の人は、ちょっとした場所へ出かけるときには美容院へ行ってセットしてもらうが、私の母の頃は髪結いさんが家へ結いに来てくれるのである。よそへ出かけなくても三日に一度ぐらいは来てもらうのだった。ボクの一番遠い日の思い出は髪を結ってもらっているおッ母さんの後姿である。私はこの時はなんとなく淋しい気持だったのだ。母がボクを相手にしてくれない時だからだ。私は母のそばにバカリいたのでみんなから「とうねっ子」というあだ名をつけられていた。「とうねっ子」というのは馬の子のことで、馬の子のようにいつも母親のそばにくッついているという意味である。

母は虫が大嫌いだった。ことに毛虫とか胡麻《ごま》の葉などにつく裸虫が嫌いで、見つけただけでも悲鳴をあげる程だった。母は子供の頃、お寺の学校へ通ったのだそうだが、途中の道にヘビがいて、その道は二、三年も通らなかったくらいヘビなどは大嫌いだった。私の知人でヘビを食べた人があって、

「ヘビの肉はうまいものだぞ、コリコリして」

と云ったので、ボクが母の前で、

「ヘビの肉はうまいぞ、コリコリして」

と云った。そうしたら母は怒りだしたのである。私はヘビを食べたということを冗談に、食べたというような口ぶりで云ったのだが、そんなことでも怒り出す程ヘビが嫌いだった。その母が私にヘビを食べるようにすすめることになったのは意外だ。

「ヘビを食べれば丈夫になる」

と、他の人にすすめられて、私にたべさせようとしたが、

「粉にしたものでもよい」

と、その人が云ったので母は乗気になった。結局、私は粉にしたものを、クスリのようにオブラートに包んでのんだのだが、かなり長くつづけてのんでしまった。よく、

「五、六匹ぐらいは飲んだようだ」

と云っていた。年をとってからは、それがもっと多量のように思い込んでしまったらしい、

「うちの七郎は、ヘビの粉をなん匹のんだかわからない」

というような云い方をしていた。私がいつまでも死なななかったのは、

「ヘビをたべたからだ」

と、母は思い込んでいたらしい。ボクはあんな灰のような粉が効力があるものじゃないと思っているけれども。

母は仏壇の前に坐ってお経を唱えるのが趣味だった。お寺参りが好きでいろいろなところへ参詣《さんけい》したものだった。ある有名なお寺へ——一度は行きたい〳〵と云っていたお寺へ——行った時だった。その時は私がお供だった。

境内の中にいくつもの建物があって、どの建物にも信者には有難い仏像がまつってあるのだが、その一カ所に入って行った時だった。入口に坊さんがいて、母に、

「やあ、こないだは大変にいただいて有難うございました」

というような挨拶をしたのである。ボクは（アレ？　変だな？）と思った。生れてはじめて来たお寺だのに、「こないだは」というのは不可解である。だが母は、

「ああ、いいえ」

と、平気な顔で挨拶をかわして、紙に十銭玉を包んで、また、その紙をあけて、もう一つ十銭玉を入れて、その坊さんにあげた。そこを離れてから、

「あの坊さんを知っていたの？」

ときくと、母が、

「いいや、知らない坊さんだよ」

と云うのである。

「どうして、あの坊さんは、あんな挨拶をしたのかなあ」

と云うと、母が、

「坊主というものは、あんな、うまいことを云うものだよ」

と云うのである。ボクはシツコク聞き返したことを今でも覚えている。

「お鳥目《ちょうもく》を貰いたいから、あんなことを云うのだよ」

と教えてくれた。ボクは催促されたりして嫌な気がしたので、

「やらなければよかったのに」

と云うと、

「お賽銭箱《さいせんばこ》に入れると同じことさ、こんなことをするために来たのさ」

と、小言のように云われたので、その時、信心する気持というものが、なんとなく判ったよ

うな気がして、今でもあの時の様子が目についている。

ボクは中学生の頃、オシャレだった。二年生の頃だか、三年生の時だった。中学校で金側時計など珍らしく、私は金側の腕時計をねだって買って貰った。それを失くしてしまったのである。失くした時も場所もだいたい知っていたのだった。その時、時計のガラスをこわしたのでチリ紙につつんでポケットに入れておいた。その時丁度、風邪をひいていたので、水っ鼻が出るたびにポケットにチリ紙がたまったのである。自転車通学だったので、土手を帰りながら、ポケットのチリ紙を捨ててしまったのだが、その中に腕時計を包んだチリ紙も一緒に捨ててしまったのである。夜、ねる時に気がついて、

「あッ、時計を捨てちゃった」

と気がついたが、あしたの朝、捨てた見当の場所を探したが見つからなかった。母は易者に見てもらった。易者は、

「本人が女にやってしまった」

と云うのである。ボクはびっくりした。(易者って、なんという、デタラメを云うのだろう。ボクが一番よく知っているのに)と思ったが、母はそれを信じてしまったのだから、言いわけなどするのがバカバカしくてたまらなかった。これは、母は生涯、そう思い込んでいた。戦後死んだのだが、戦時中、その腕時計の話が出たついでに、

「あの腕時計は、たしかに、俺がチリ紙と一緒に捨てたのだけどなあ」

と云うと、間一髪、母が、

「あれは女にやったのさ」

と云うのである。

（まだ、そんなふうに思っているのか、こりゃ、一生涯、そう思ってすごすのだ）

と思ったので、そのままに思わせておいた。

母を怒らせたときはステキだった。母は若い時の写真を他人に見られるのが大嫌いだった。昔の着物の柄と髪の形が時代おくれなのが恥ずかしかったらしい。タンスの引き出しの底に隠しておくのだが、ある時、ボクが引っぱり出して近所の人に見せた時だった。写真を家へ持って帰ると、奪うように私から取り上げて、タンスの引き出しの底に仕舞ったのだが、丁度その底に、白檀《びゃくだん》の扇子《せんす》が仕舞ってあった。母はその扇子でボクをひッぱたいたのである。白檀の扇子は模様の穴が打ち抜きになっているものでモロイものである。ひッぱたくと、扇子が破れて木が飛び散るのである。白檀の強烈な芳香が吹きまくり、ピタリと坐ったまま扇子で叩く母の形相《ぎょうそう》は凄《すご》いものである。

ボクは歌舞伎で演《や》る鏡山《かがみやま》の岩藤《いわふじ》が怒った姿を思い浮べながら（こいつは豪華絢爛《けんらん》だ！）と思いながらすさまじい折檻《せっかん》を受けた。扇子で叩かれたのなんか少しも痛くないものである。怖《こわ》いのは女の怒った目つきだった。

ボクは若い時、遺書を残して家出したことがあった。死ぬことなどできずに金を使い果して、満洲へ行くことにきめた。その頃、「満洲へ行く」ということが流行した時だからである。私は満洲へ行けば、黄塵《こうじん》がひどくて、胸部疾患が重くなって死んでしまうかと思ったのである。大阪の宿屋から家へ、

「マンシユウヘユク、スマヌ、アエヌ、カネ五〇〇オクレ」

と電報を打った。すぐ、連れ戻されたのであるが、親類中の人達が私に向って「遺書がまずい」と云うのである。

母は「電報の文句がうまかった」と云った。

ボクは（アレ変だな）と思った。ボクは遺書はうまく書いたが電報の文句は下手だと思えるからだった。ボクは遺書は箇条書きにして、それを説明までしておいたのだが、みんなの云うのには、

「遺書なら、先立つ不孝はお許し下さいということを必ず書くものだ。そんなことは少しもなくて、親の悪口ばかり書いてある」

と云うのである。まるで解釈がちがうのだ。

ボクは、

一、この世に生れて来て損をしたとか。
一、勝手に子供を生んで、いい迷惑だとか。
一、子供は親のオモチャだとか。
そんなふうなことを箇条書きに書いて、それに、一ツずつ説明を加えておいたのだった。

母は七十二で死んだのだが、晩年は、もと笛吹川の川底だった河原に隠居所を作って住んでいた。私も疎開していた時で、そこに一緒にいた。肝臓癌《かんぞうがん》だったが、病名を知らせる勇気がなくて教えなかった。十月六日に死んだのだが、九月十八日の彼岸の入りの日に、

「わしが変った姿になっても、泣いたりしてはダメだよ」

と、母自身から云い渡されて、あの時は途方にくれてしまった。

彼岸中に雨が降って、私が蒔《ま》いた菜の種が、

「イッパイ、揃《そろ》って芽が出て来たよ」

と云うと、

「見たいよう」

と云うのである。縁側から私の背におぶさって菜のところまで行ったが、私の背中は火をおぶっているように熱かった。

「おっかさん、苦しくはないけ」

と云って、苦しいのを我慢していると思ったので帰ろうとすると、母は背の方から私の目の前に見せるように手を出して、前へ〳〵と手を振った。こんな苦しい思いをしても見たいのかと指図されるままに私はもっと前へ〳〵と進んだ。

こんなことを書くのは、なんだか恥ずかしいけど、『楢山節考《ならやまぶしこう》』で、山へ行ったおりんがものも云わず前へ〳〵と手を振るところはあの時のおっかさんと同じだ。

あの小説がベストセラーになって、親しい人から、

「おっかさんが生きていたら」

と、よく云われた。ボクはそのたびにソッポを向いてしまうのだ。そうして、わけのわからないような返事をしてしまうのだ。

この一番憎らしい言葉を、どうして、みんな、ボクに云うのだろう。どうしてもできないことを、ボクにさせようと苦しめるのだ。私は、云われるたびに、その人達を残酷な人だと思う。

母を思う

私の母は歌を作ることは悪い事だと思っていた。歌というのはその地方々々で唄われる田舎歌のことである。その土地の悪口とかそこに住む人の悪口とか、格言のような歌もあったり、色欲をあざけったり、反対に、楽しんだりすることなども唄った田舎歌のことである。ふしがないので唄うのではなく読むように言うのだが抑揚があって鼻唄のような田舎歌である。例えば、だれかが病気になってお医者さんへ行こうとすると「医者にかかるなら奥さんを見て来い、ベッピンさんなら値が高い」などと言って、その医者は料金が高いことを知らせたり、また全然知らないお医者さんのことでもそんなことをブツブツ言ってその人を慰める意味を持っている歌でもあった。私はよく口から出まかせの替歌をブツブツ言うことがあった。冗談で言うのだがそんな時母は目の色を変えて「歌を残すものではない。そんな歌を、もし、だれかに聞かれて拡まると」としかられたものだった。悪口でない歌を作った時でも母は恐ろしがった。母は歌を作ることは罪悪だと私に教えたのである。

過日、武田泰淳《たいじゅん》先生のお宅へ行った時、私の他の随筆のことで「あれは文明批評がありますよ」と言われたとき私はギクッとした。母が恐ろしがったことはそれではないかという気がしたからだった。（悪いことかな？）と思ったが、武田先生は悪い事だとしかって下さる様子でもないのである。武田先生と私の母では立場も違うし、今は私は母のそばにいた時とは違った立場になっているのである。だが、私は変な苦悩を感ずるのだ。武田先生ばかりではなく他の人からも同じ様なことを言われることがあるからだ。随筆を書いても諷刺《ふうし》とか文明批評になってしまったら私は母との誓約を侵すことになるのである。特にこのごろ、そんな傾向が強くなってしまったようだ。私は哀れな自分を見つめるのだ。さびしいことだ。

この十月六日は母の命日だった。十一年前のあの日に母は臨終という大事業をやったのである。命日が来ると午後二時前後のあの時は、食べられない病気なので餓死と同じである。命日の日、その時刻が来るのがたまらなくなるので私は家を出た。買物に行ったり家へ帰ったり映画館に入ったりする。すぐ出てしまって知人に「今日、食事を一緒にしよう」と電話をかけたりする。私は食べることに復讐《ふくしゅう》のような気を抱いているらしい。母の病気中、私達はこっそり食事をして食べるということを悪事だと思っていたのだ。食べ物を人にすすめることも好きだ。特に老人たちに手土産などを差しだしたりした時、私は腹の中で（食べるかな？）と思ったりして、相手が受取ってくれると痛快にもなってしまうのだ。私は食べるということを不思議に思う時もある。「よーし、うんと食べてやるぞ」などと言ったりして笑われることもあるのだ。私の郷里では人が死ぬと、そのあとの七日のうちに雨が降らなければその人は天命で死んだのではないと言われていた。だから、死んだあとの七日間に雨が降れば「あゝ、あの人は寿命がなかったのだ」とあきらめるのである。母の葬式の日は快晴だったがその夕方から雨が降り出した。私は雨をあんなに美しいと思ったことはなかった。

母が小学校に上ったのは明治二十何年かで学校とは名ばかりで寺子屋の建物だったそうである。始めて教えられた歌は「地球のかたちは如何なるものぞや、まるきものにて一日一夜にひとめぐり」という歌だそうである。「ふしは?」と私はきいた事を覚えている。母が唄ってくれたふしはアメ屋が唄う八百屋お七の歌の様なふしだった。私が笑ったので一度しか唄ってくれなかったが、やさしいふしなので覚えてしまった。

正宗白鳥先生の随筆『今年の秋』を読んで私は驚嘆した。それは御令弟様の危篤を知らされるところから亡くなられるまでの様子をお書きになっているが、八十歳になられる正宗先生は死ということを平凡な現象と思われてお書きになっているらしいのである。僧侶が葬式を知らされて出掛けるように私には思えたからだった。私は母と同じ心境を見つけたのである。母は彼岸の入りの日に——死ぬ十五、六日前で「もし、わしが変った姿になっても、それは悲しいことではないよ」と私は言われたのである。私はそのことを三年も前から予期していたのだ。

「もう、三年しか」と思っていた私のカンは当ったのだ。だが、私もそれは言わなかったし母も言わなかった。そうして、互に隠していた秘密だったのである。そうして、それは口では言わなかったが行動では互に現れてしまったのである。隠しているけど互にすきだらけだったのである。そうして、その秘密を母は遂に口に出してしまったのである。その時、私は「そんなことはないから」などという当り前な、平凡な答えしか出来なかったのだった。私の言ったことはみんな下手な答ばかりしか出来なかったのである。情けないことだと思う。

私の家では墓参りに行く時は何か新しい衣類を使うことになっていた。衣類が新品でない時は履物でもいいのである。私達は母から堅くそれを実行されていたのだった。この九月の彼岸に私は郷里へ墓参に行った。家を出る時、私はひょっと気がついた。「このままでは行かれない、これではふだん着と同じだ」とあわてた。そうして私はいつのまにかそれ程間抜け者になった自分を見つけたのだ。「ああ、靴下が新しかった」と言って気休めになったが、新しい物をおろす時は仏壇の前に飾って線香をあげることになっているのである。「靴下を、お仏壇へ」と思うと恥かしくなった。母が墓参りに行く時は前の日に髪を洗ったり、手や足の爪まで切って行くので忙がしそうだった。私は墓参りに行くたびに母のあのオシャレに忙がしい姿を思いだすのだ。不思議なことに私の家に遊びに来るロカビリーの好きな人達は母のない者が多い。会長さんも副会長さんもそうである。私はまっ先になって声をはりあげて騒ぐようにロックを唄いたくなるのだ。

初恋の頃はやさ男だった

私の郷里（山梨）は養蚕が盛んで、農家では本業に次いで力を入れる仕事だった。農家では蚕に桑をやって成長させて繭になると製糸屋へ売るのである。製糸屋では工場で絹糸にするのである。繭を絹糸にするには釜の中で繭をゆでやわらかくして糸をひきだして枠《わく》にまくのである。その仕事をするのが「糸取り娘」である。糸取り娘は農家の娘が製糸工場に通って働くのだが家が遠方の娘は寄宿舎に泊っている者もあった。長野県の岡谷市《おかやし》は製糸工場が多いので私の国からも出稼《でかせ》ぎに行く娘さんも少なくなかった。繭をゆでる釜はめいめいの前に一ツずつあって白い繭がゆでられて、それから五、六本の糸をひきだして枠に廻るのだが、たえず五ツ六ツの繭が釜の中で糸につられているように踊っていた。糸の出きった繭はサナギになってしまうので糸取り娘はすぐ他の繭をからませるのが仕事だった。釜の中の繭は、ゆでられると真珠のように白く輝いて美しく踊っていた。糸取り娘が大勢揃《そろ》って赤いタスキをかけて白い糸が枠へ廻っている製糸工場の光景は華やかなもので、若い男たちは溜息《ためいき》をついて窓から覗《のぞ》いたりするのである。だから、詩情あふれる田園のロマンスも数限りなく生れたりしたのだった。今は機械が発達したり絹糸の価値が低くなったので、糸取り娘も僅かになったらしい。私の思春期は中学二年生頃だから、たしか十四歳か十五歳ぐらいだった。糸取り娘は髪を大きくうしろに巻いた束髪《そくはつ》で、洋装などは一人もなく、着物で、帯をしめて、パーマなどもかけない清楚《せいそ》な姿だった。そうしてこの糸取り娘が私には初恋の相手であり、始めての性の経験の相手だった。

私の覚えている糸取り娘は、寒い冬の朝、夜明け前、真ッ暗い中を凍った道を（今は表通りはアスファルトになったが、その頃は冬は道が凍ったものだった）ガタガタと下駄の足音が聞こえて、ふとんの中で私は朝の音だか、夜中の芝居小屋がハネて帰る客達の足音だか間違えたものだった。私は思春期頃は神経質なようだった。眠れないでいるうちにガタガタと下駄の足音をきいて、時々芝居小屋の帰り客の足音かと、まだ夜中だと思っていると、それは糸取り娘の工場へ通う足音なのである。少したつと、白々と夜があけて、「あかとき露に吾が立ちぬれし」ではなく、彼女も、凍った道を踏んで行くのだろうと、私の初恋の相手は家の前など通勤しないのだが道を歩いている相手の姿を想像して、ふとんの中で少年のようなボクは想いを寄せたものだった。今はもうスレッカラシになってしまった私も、あの頃のことは、いつでも頭の中にあざやかに刻みつけられている。

その頃、糸取り娘は中学生の間では敬遠されたものである。中学生の相手はやはり女学生だった。私は初恋の相手ばかりでなく、よく糸取り娘と映画を見に行ったのだった。

「あしたの晩は、石和館《いさわかん》に活動がかかるから」と誘われたり、誘ったりしたものだった。

中学生は糸取り娘には可愛いがられて、年上の娘——二十二、三歳の娘さんまで私は相手にしたものだった。

「ヒチローさんは、機械工女と一緒に活動を見に行った」と、田舎のことだから誰ともなく評判になって私は友達や家の者にからかわれたものだった。糸取り娘は「機械工女」と言われて軽蔑《けいべつ》されたものだった。

「機械工女のそばへ行くと、サナギの匂いがする」とか

「機械工女の手を握ったから、手が臭くなった」

とか悪口を言ってるのを聞くと、私は真ッ赤な顔になったものだった。その頃は恋愛をしても接吻などはなかなかしなかった。「手を握る」ということがよく流行《はや》ったのだった。菊池寛先生の『第二の接吻』という小説があって、題名だけで「凄《すご》い本だ」と思われていた時代だったのである。私は読まなかったが「ザ・セカンド・キッス」という言葉をよく使って、使っただけで不良少年に思われたことなどもあった。早熟で、中学一年だか二年の時、やはり菊池寛先生の『真珠夫人』という映画がかかった。当時、人気が高かった女優栗島《くりしま》すみ子の主演で、甲府の映画館へかかった時だった。

「見に行こう、〳〵」

と言って母親と一緒に見たのだが、中学生の夏服（新らしい服だった）を着て見に行った。

見終ってから母親に、

「よかったねえ、〳〵」

と感激して何回も言ったことを覚えている。母親は変な顔をして、

「………」

と黙っていたが、私は、その表情で、

（おッ母《か》さんも、よかったと思っているらしいけど、どうして、あんな、困ったような顔つきをしているのだろう?）

と不思議に思っていた。そんな時のことをよく覚えているのは、それ程、真珠夫人という映画に感激したからだった。

＊

糸取り娘は「女工哀史」などと書かれて幾多の悲しい物語があった。朝暗いうちから夜暗くなるまで働いて、僅かな賃金しか得られなかったのである。その働いた金は親が酒を呑んでしまったりして使われてしまったのである。昔は、女は十二、三歳で子守り娘に出されたり、女中になったり、機械工女になったものだった。子供を沢山生んで、畑は僅かしかなくて、親は

それで食べていたのである。年の暮、十二月二十五、六日頃、信州の岡谷の製糸工場へ行って働いている娘が帰って来るので父親が駅まで迎えに行くのである。家は駅の通り道だったのでよく私の家で休んでいた人があった。半日も前から来て、私の母親と話していて汽車の着く頃駅へ行くのだが、どの列車で帰って来るかも判らなく待っていたことを覚えている。娘さん達は同じ汽車で着くのでゾロゾロ揃って駅から降りるのだが、私の町から二里も三里もある村へ、迎えに来た人と帰るのである。娘は行李《こうり》をチッキで送って、汽車と同時に着くのだった。迎えの人が古い自転車に行李をつけて帰るのだが、迎えの人は父親か兄弟なのである。よく私の家の所で行李を縛りなおしたりした。

「今日は娘が帰って来て、ゼニを持って来て、ホクホクだね」

と、迎えの人は知ってる人などに逢うと言われるのである。

「そうさね、それがなけりゃ、年が越せんじゃーごいせんか、エッヘッヘ」

と迎えの父親は大声で返事をしたりするのだった。

「いくらぐらい持って来るずら?」

と私は母親に聞いたことも覚えている。

「たいへん持って来るよ」

と母が言うけど、どのくらいだか見当がつかなかった。

「いくらぐらいでえ？」

と私はしつこく聞いたことを覚えている。

「人によってちがうけど、五十円も、六十円も、稼ぐ娘は八十円も持って来るヒトもあるそうだよ」

と母が教えてくれたことも覚えている。田植が終ったあとの半年間の者もあったり、一年行ってる娘もあるらしい。一年で二十五円位しか持って帰れない娘もあったらしい。

「金の成る木のようなものですね」

と母が言ったことも覚えている。

「そういうことでごいすよ、エッヘッへ」

と迎えの父親が言ったことも覚えている。

だが、中には、娘が孕《はら》んで帰って来ることなどもあるのだ。そうして、始末に困って父親が便所の中などでお産をさせるのである。そうして罪人となって、僅かに同情してくれる人だけに慰められるほか暗い過去を持つ者になるのである。父親と女親と娘と、三人で額をよせて真っ青になって相談する結果が、それよりほかに手段がないのだった。

＊

私の初恋の相手は若くて死んだ。十八歳で死んでしまったのである。糸取り娘は結核にかかる者が多かった。私の童貞が、別の、或る糸取り娘と、何の考えもなく、あっけなく、どこかへ消えてしまったのもその頃だった。

私は童貞などというものは実在しないと思うから、どこかへ消えて行ってしまったということもない筈だが、童貞などというものは物質的には泡《あわ》か垢《あか》のような気がする。いやそうじゃない。童貞というものは捨てよう捨てようとするのだ。何か、背負っている荷物を置いてしまいたいようなものなのだ。処女というものは男にとって必要ではなく女自身に必要なものだが、童貞は女にも男にも何の関係もないもので、捨てるということが冒険なのだ。冒険はやってみたいことで、僕は年上の二十三歳だかの糸取り娘だった。初恋の相手とは互に思い合っているだけで、二人きりで話したことなどなかった。ただ、行きずりに逢えた時など、目を光らせて互に見つめあうぐらいだったのである。わずかな、はかない縁だが忘れられない。


紫の色こきときは眼もはるに野なる草木ぞわかれざりける　（業平朝臣《なりひらのあそん》）

この歌は一本の美しい紫草にひかれて、その野原のすべての草木が美しく見えるという業平の歌である。ボクの好きな歌だ。

糸取り娘といえば、みんな私はあわれになつかしい。

思い出多き女おきん

私がまだ小学校へもあがらない頃、おきんという女中が家にいた。今、思えば、おきんは十七、八の小娘で、色が黒く、目じりが吊《つ》り上っていて役者が女に扮装《な》ったような「いい女」だった。

私はおきんの後ばかり付きまとっていた。おきんが井戸端へ行けばその後をついて行くし、買物に出かければその後をついてゆくし、

「七郎サン、向うへ行ってて、臭イから」

と、便所の中で戸をおさえながらおきんに追っぱらわれたこともあった。

おきんは昼食の後かたづけが終ると、

「七郎さん、さあ行こう」

と誘ってくれて、よく一緒に外へ出かけたのだが、おきんがタモトの着物に着替えて髪をとかしている様子でどこへ行くのか私はすぐ知ってしまうのだった。

おきんは自分の家に行くのである。十町ばかり離れた川田村の「安宿」という家の裏に駄菓子屋があって、それがおきんの家だった。父親は須田さんというアンマさんで母親が駄菓子を売っているのだが店と云っても菓子箱が三箱ばかりしか並んでいなかった。おきんの母親——たしか継母だった——は留守がちで、駄菓子はその母親が売っていたのかも知れない。

おきんは自分の家の前に行っても家の中へ入らないで表に立って、大きい声で「おとっちゃん」と呼びかけるのである。アンマさんの父親はいつも奥の方にいて何か返事をするのだが、おきんは父親に話しかけながらソッと家の中に入って駄菓子をワシ掴《づか》みにして両方のタモトに入れてしまうのである。あれあれと思うまにタモトに入れてしまうと、すぐ表に出て、

「それじゃ、お父っちゃんけえるよ」

と大声で云って帰るのだがおきんの母親が居るとボクもおきんもアテが外れてしまうのだった。私はいつも家の前に行ってから(おばさんはいるのかしらん?)と、気がつくのだった。帰りながらおきんはタモトから駄菓子を摑み出して、気前よく私にもくれて食べながら田舎道を帰って来るのだった。おきんはとんびのような髷《まげ》を結った十七、八のタモトの着物を着た首筋の黒い「いい女」なのである。私とおきんは、ガリガリと駄菓子を食べながら家へ帰って来るのだが、おきんは気前がよい女で、私とよく似ていた。私はケチなところもあるけど気前のよいところもあった。駄菓子は家へ帰るまでには食べ切れない程だった。家へ帰ると、おきん

は自分の部屋へ行って着物を着替えるのである。おきんの部屋は二米《メートル》ばかり離れた裏の味噌部屋つづきの部屋で畳は敷いてあるけど物置みたいな天井のない部屋だった。その部屋で、おきんと私は大の字になって寝ころんで駄菓子を食べるのだった。工場の人が用があって呼びに来ると、

「七郎さんのお子守りをしているからダメでよ」

と、よく云っていた。その部屋でおきんと私はアグラをかいて、腕まくりをして花札をしたりして遊んだ。おきんは遊ぶことが好きで私とよく似ていた。

おきんは勝手仕事の合間には店の仕事を手伝うこともあった。オリチョウという紙を折るコトとか解版《かいはん》という印刷がすんだ版をわける仕事だった。おきんが解版やオリチョウをすると私も一緒になってしたものだった。オリチョウは「おりくら」という木の板の山の形をしたものに紙を重ねて掛けて、一枚ずつ二ツに折るのだが、折った後の紙をそろえるのがおきんは下手《へた》だった。「おきんがそろえると紙が死んでしまう」と云われて、おきんは折るだけでそろえることは禁じられていた。それが癪《しやく》にさわったのだろう、うまくしようと、折るたびに一枚ずつ斜めに並べて置き直して、バサッとそろえたりするのだが仕事にはならない程、時間がかかって、「おきんは下手で、のろい」と云われていた。おきんは仕事が嫌いでのろまで私とよく似ていた。

その頃の女中は年一回の給料で、年の暮の十二月二十五日に来年分の給料を親に支払って二十七日の夕方までには親に連れられて来ることになっていた。小僧さん、子守り、奉公人はみんな風習のようにそうきまっていた。おきんが家に来たときはめくらの父親と一緒ではなかった。一人で来て、お勝手から入って来ると、いきなり、

「十二月三十日に来るなんて奴がどこにあるか、バカの奴だ」

と、私の父に怒られたそうだ。おきんは約束の二十七日に来ないので、次の日実家に問い合わせると、めくらのお父っちゃんが、

「昨日から行くと云って出かけやしたが」

と云うのである。おきんは二十七日から三十日までどこかで遊んでいたのだった。その時おきんは、

「おきんがぷーっとふくれた」

と、あとあとまで工場の人達にからかわれたが、おきんのふくれた顔は「随分むずかしい顔だ」と私の父親がよく云ったこともボクには懐しい父親の言葉である。

おきんには年に何回しかない休日があった。

「休みでも親の所には五分もいんだろう」

と云われておきんは遊びに出て行った。髪結いさんへ行って髪を結って、新しく仕立てた着

物をきて、前の奉公先に行ったりして、みんなに見せ歩くのが劇場も映画もない頃のたのしい休日だったらしい。おきんが髪結いさんへ行く時も私は後をついて行った。おきんの部屋には古い鏡台があった。私の思い出は、髪を結って帰ってきたおきんが鏡台に向って自分の顔を眺めているうちに、何を思ったのか怒りだして、結ったばかりの髪をクシャクシャにほぐしてしまったのである。私はびっくりして、

「おきんがアタマをぶッこわした」

と母親のところへ騒いで行った。

「アレ、おきん、もうこわしてしまったのかい」

と呆《あき》れている母親に、おきんは壁の隅に坐り込んで、

「あんな髪結いさんはダメですジャン、まがって結うから」

というようなことをブツブツ云いながら、むずかしい顔をして自分で結い直していた。おきんは腹を立てやすく私とよく似ていた。

おきんが「善光寺さんへ行く」と云いだして、とうとう実行して行ったことがあった。私の家は山梨県の石和《いさわ》だが、おきんは長野県の「善光寺参りに行きたい」と云って三日ばかり暇をとって行ったのだった。帰って来ると土産物が沢山で、家へも、工場の人達にも、実家へも、知人にも配った。私には、それとは別にお菓子や折りたたみ絵本を買ってきてくれた。その絵

本の中に「牛にひかれて善光寺参り」という場面があった。仏を信じない悪い人相の婆《ばばあ》が洗濯物を干しておいて牛の角にひっかけられて、牛を追いかけて来ると善光寺の境内まで来てしまい、悟ることがあってはじめてお参りをしたという物語を母から説明されて私はその絵本が好きになった。善光寺から帰った翌日、

「あれ、おきんは、こんなことをして」

と母に怒られたのである。善光寺参りに行くために新しく仕立てた着物をおきんはタライの中につけて洗濯しようとしたのだった。その着物は木綿物のユカタの洗濯と同じように洗ってはいけない上物だそうである。目を丸くしてタライの中を眺めている母のそばで私は自分も知らなかったくせに、

「おきんは、ナニモ知ラナイのだな」

と云ったりした。私は出しゃばりな性質だったらしい。

おきんは平気な顔で、母に、

「いっぺん着りゃァ、いいですジャン」

と云いながらゴシゴシ洗っていた。おきんも私も物をソマツにする癖だった。

「おきんさんは善光寺へ男と一緒に行ってきた」

と、よその人の告げ口で私の家では知ったのだが、このことを思い出すと、私は、おきんは

立派なひとだと思う。恋人と旅行するのに、温泉地などではなく善光寺参りだったということは何故か私には清らかな感じがしてたまらない。いつも私が、

「おきんは偉い女だった」

と云うと、母は否定も肯定もしなかったが私には同感だと見える表情をしていた。

おきんは何年間家にいたか覚えていない。私は青年になってから、バスの中で一度だけ顔を合わせたことがあった。

「アレ、七郎さんじゃないですか」

と声をかけられた。私が家の前から乗ったのでおきんの方では見ていたのだそうだ。夏だが、立派な着物をきて、高価な扇子を使いながら話しかけられて私は恥ずかしくてたまらなかった。芝居の寺子屋に出てくる松王丸の妻千代が小太郎を連れて寺子屋入りをするときのような恰好だった。私は顔を見ることも話をすることも出来なく、黒く長い首筋の練白粉《ねりおしろい》を見ていただけだった。家へ帰って話すと、

「金持の、お大尽の石屋さんの親方の嫁になったそうだ、立派な奥さんになっただろう」

と母は云って、私がおきんに逢ったことを自分が逢ったように喜んだ。

家には子守りと女中がいて、子守りは弟の子守りで、おきんのいた頃は私には子守りはいなかった。子守りや女中の唄う手鞠歌《てまりうた》は不思議な唄だった。

母《かつ》ちゃん此《こ》の子をどうするの
柳の根方《ねかた》に捨てましょか
捨てておくのは可哀相《かわいそう》
三ツになるまでチチくれて
七ツになったら学校へ

誰がこんな歌を作ったのだろう、どんな意味だか判らない。多分、捨子の歌ではないかと思う。貧しい者が作った歌にちがいない。

私の幼い頃から青年まで家の女中は五人変った。「かくよ」「おきん」「おふい」「まきの」「よしの」の五人で、私はこの五人の女を他人だとは思わない。女中は私の父親のことを「おだんな」と呼んで母のことを「オカミさん」と呼んだ。私も父や母のことを「おだんな」「オカミさん」とよく云った。夕方四時頃から父は御膳に向って酒を飲みはじめるのである。夜おそくまで飲むだけで夕飯をたべることなどなかった。父が膳に向って酒をのみはじめる頃を見計らって、私は父に、「おだんな」

と呼びかけるのである。

「七郎に、おだんなと云われると背中が寒気がする」とか、

「七郎におだんなと云われると酒がまずくなる」

と父はよく云った。私が父のことをおだんなと呼ぶときは何か買ってもらいたいときだったのである。母のことをオカミさんと呼ぶときもそうだった。

「オカミさん、そろそろゼニがなくなりやしたよ」とか、

「オカミさん、映画へ行ってもようごいすかねえ」

と云うと、母は嫌な顔をして、「勝手に行っておいでになって」と、口をとがらせて云って、それが許可の意味だった。こんな言葉は山梨の方言だが、使えばオカシイ程、年寄りしか使わない言葉である。まだ、こないだまで――もう九年もたつが――私はそんな云い方をしたのである。

「オカミさん、困りやすねえ、なかなかよくならなくて」

医者が帰った後で病床の母に云う私のこのセリフは絶望の病名を察《さと》られまいとする私の必死の芸だった。

流浪の手記

1

チンピラというのは若い不良のことで、世間では嫌っているらしい。が、私はこんどそんな人に救われたのだった。救われたというのはちょっと変だが、慰められたり、激励されたりして生きてゆくことをすすめられたのである。それは、はたして救われたことになるだろうか？と疑問を抱いたりしたが、とにかく私は生きることを続けてただわけもなく歩きまわっていたのだ。

「おじさん、何をしてるんだ？　そんな花ばかりむしって」

と私はチンピラ風の若者に話しかけられた。ここは、北海道で、石狩川《いしかりがわ》が海にそそぐ石狩浜だ。私はさっきからこの浜に咲き乱れている北海道の花——ハマナスの花びらをむしっていたのである。あでやかな、濃い、明るいピンクの大きな花びらは、甘い甘い香りなのだ。

「いや、なんでもないが、ただ、いい匂いがするから」

と私は言って両ポケットに一杯つめこんだ。海岸では寒くてふるえながら泳いでいる人たちの騒ぎもときどきしか聞こえない。私はここへなにしに来たのだろう? 私はある一人のヒトに会うために来たのだ。その人の名も知らない、住所も知らない。ただ「石狩の人だ」ということしか知らないのだ。私はその人をたずねて、会って、自分の名を知らせて、その人に殺されよう、と来たのだ。

あの忌わしい事件——私の小説のために起こった殺人事件に私は自分の目を疑った。何もかも私の書いた小説の被害ばかりなのである。諧謔《かいぎやく》小説を書いたつもりなのだが殺人まで起こったのである。そうして私は隠れて暮すようになった。警察では再び事件の起こらないようにと私の身辺の警戒までしてくれた。それは何が悪いとかどちらが悪いとかいう理由ではなく、不穏の事件が起こらないように、未然に防ぐためなのである。そうして私は都内の某氏の家に身を寄せて、二人の刑事さんと五匹の犬と隠されるように日を送った。これも私は自分の目を疑った。もし私に危険が迫った時は、その警察の方々まで犠牲になるかも知れないのだ。いや、私よりも、もっと危険なのである。これは重大なことで、その方々は私とは違って妻子もある一家の主柱の人なのだ。独身の私と比較したらその方々の生命の方がずっと尊いはずなのである。それに私は事件の原因を作った責任者なのだ。私以外の人はみんな被害者で、殺人を起こした少年も私の小説の被害者だと私は思うのである。

それから私は旅に出た。京都、大阪、尾道《おのみち》、広島。東北は裏日本を通って北海道へ来た。目的も、期間もない旅なので汽車に乗ったり、バスに乗ったりした。靴はすぐ足が痛くなるので下駄で歩いた。北海道はほとんどバスか徒歩だった。函館《はこだて》、札幌《さっぽろ》、旭川《あさひかわ》、稚内《わっかない》、釧路《くしろ》と歩きつづけた。私はなんのために歩き回ったのだろう? あてもないようだが無意識のうちに私はある人を求めていたのかも知れない。その人の名も、住所も知らないのに。

北海道に来た時、広い草原を眺めて私は、

「そうだ、ここで」

ときめた。小説が発表されてから私宛に来た脅迫状は百通に近かったそうである。が私の手《て》許《もと》にとどいたのは「北海道からは、ただ一通だけだ」ということだった。これも、かなり後で耳にしたのだし、それも、思い出すように聞いた言葉だった。ただそれだけしか知らないのだ。差出人はスタンプで石狩ということだけを知った。

2

札幌に来た時はスズランの花がさかりで街の角では一把《いちわ》十円の束や二十円の束を花売りが売っていた。それからラベンダーの花も花売りの籠の中で見とれたし、海に近い道ではハマナスの花がどこにも咲いていた。ここは、高山の花のように色がきれいで、朝鮮朝顔などと別名があるツクバネ草——私は好かない花だが——まで美しい色なのである。

「そうだ、ここで、この美しい土地を」

と私は力づけた。その美しい北海道で唯一人の脅迫状を書いた人——その人さえ満足すればここは暴力のない所になるのだ。(その人さえ満足すれば)と私は考えたのだった。それ程、私は北海道が好きになったのだ。

名も知らない、住所も知らないその人を探して、ただ、私はその人の住んでいる所に行けば、いや、その人の住んでいる方向に向ってさえいればよかったのかも知れない。そうして私は石狩へ来たのだ。石狩では一週間も歩き回った。その人が住んでいる土地だと思うと、私の心はなんとなく離れたくなかったのかも知れない。これは私だけしか知らない気持で、私は死場所を求めているのかも知れない。

「おじさん、その花の実を食べれば狂人《きちがい》になるぞ」

と、そのチンピラのような若者が教えてくれた。気がついたら私はいつのまにかチンピラの人のそばに並んで腰をおろしていたのだった。浜はすぐそこで、丘のような起伏の海岸はハマナスばかりが生えているのだ。このチンピラのような若者——チンピラなどと呼ぶのはいけないから彼と呼ぼう——彼に逢って私は陽気になった。彼は私に話しているのではなくひとりで言っているらしい。が、私は話相手が欲しくなっていたらしい。

「どこから来たのですか？　あんたは？」

ときいてみた。

「ハコダテからだよ」

と返事をしてくれたので、

「函館はいいところだったなァ」

と私は言った。

「よくないよ」

とツバでも吐くように言うのだ。

「連絡船が着いたり、景色がよかったよ」

と、また私が言うと、

「そうかァ、いいところだったかい、そうだなァ、いいところだな」

と言うのである。彼は自分の住んでいる所だというのに函館の様子を知らないらしい。そのうち、

「ハコダテに帰るかなァ」

と言いだしたので、私は不思議に思った。

「函館から来たのでしょう?」

ときくと首をふって、

「ハコダテはヤバイからな」

と言うのだ。

「函館には自分の家があるのでしょう?」

ときくと、

「うん、あることはあるけど、自分の家なんかへ帰りゃしないよ。俺のうちのところは修道院の方で、つまらないよ」

と言うのである。ここで私は修道院という言葉を聞いて有名なトラピストの修道院のことを思いだした。が、あの有名なトラピストの修道院は北海道だときいているが、どこだろうと思ったので、

「有名なトラピストの修道院は、どこにあるのですか?」

ときくと、

「そのトラピストだ。ハコダテにあるんだ」

と言うのである。

「エッ、その修道院ですか」

と私は驚いた。(ハコダテにあったのか)と知ってそんな近くにあるならと、私は急に修道院へ入りたくなった。

「修道院も、オトコの修道院があればいいけどなァ」

と私がブツブツ言うと、

「オトコのだってあるぞ、トラピストは」

と言うのだ。

「そうかァ、オトコの修道院もあるのかァ、それじゃァ、俺もはいろうかなァ、修道院へ」

と私は騒ぎだした。いますぐにでも私は入りたくなったのだ。が、彼はニヤッと笑って、

「修道院なんか、ヤバイぞ、とてもつまらないところだぞ」

と言うのである。修道院と言えば、きれいな白い服を着て、胸に十字をきって、お祈りをして、映画のような日を送っていると思うので、

「どうして? 俺は好きだなァ」

と私はまた騒ぐように言った。

「どうかな、毎朝二時からたたき起こされて、めしも食わせなくて働かされて、ヤバイところだぞ。そのほかに神様にお祈りをしなければいけないのだぞ。とても、お祈りなんて出来ないよ」

と言うのだ。

「ほんとうですか?」

と念を押した。

「あ、、俺はよく知ってるよ、そのそばでおおきくなったんだ。刑務所よりツライところだ」

と言うのだ。彼は函館のことをよく知っているらしい。

「なーんだ、それじゃァダメだ」

と私はがっかりして、修道院へ入ることは嫌になった。

3

かなり長い間、彼と私は話し合った。彼はパチンコ屋で働いたり、景品買いやポン引きなどもしたことがあるそうである。

「泥棒はしない方がいいよ、泥棒は損の商売で、捕まると割に合わないよ」

と私は言った。刑事さんと暮したので私の方がよく知っているのだ。

「そうかなァ、泥棒は損かなァ」

と彼は信じられないような口ぶりである。そんな風に思っているなら(このヒト、将来、泥棒でもする気じゃァないか)と私はツマラナクなってきたので黙っていた。

それから彼は立ち上がったので私も立ち上がった。彼が歩きだしたので私も歩きだした。

「どこへ行くのですか?」

ときいた。

「札幌へ帰るんだ、バスへ乗るんだ」

と言うので、私も札幌へ行くことにした。

「ボクも札幌へ行くのですよ」

と私もついて行った。私はどこへ行ったっていいのである。

その晩——十日ばかり前のことだった。私は急にひとりぼっちになりたくなった。それは、苫小牧《とまこまい》の街を歩いていた時だった。夜の街にレコードが聞えてきて、その歌は私を責めつけるように響いてきたのである。その歌のギターの音も私の胸をかきむしったのだ。久しぶりのギターの音で私の身体は痙攣《けいれん》を起こしたのだ。それは楽しい痙攣ではないのだ。恐怖にふるえた痙攣だ。

夜がまた来る、思い出連れて
俺を泣かせに足音もなく……
恋に生きたら、楽しかろうが

どおせ死ぬまで、シトリ〳〵ぼっちさ

この歌が聞こえてきて、私は突然ひとりぼっちになりたくなった。

4

私はチンピラの彼とバスに乗り込んだ。バスは石狩街道をまっしぐらに突っ走って札幌についた。彼は大通りのベンチに腰かけたり、歩いたりして私もそのあとをついて歩いた。大通りの真中は芝生や花壇になっていて、屋台店が並んでいた。歩きながら、私は牛乳をのんだり、アイスクリームを食べたり、リンゴやユデ玉子を食べたりした。私は屋台店で買うのが好きなのだ。それに、歩きながら食べるのは（なんてノドカなことだろう）と思う。

「風呂へ行くんだ」

と、突然彼は言った。

「ぼくも行こうかな？」

と言うと、彼は返事をしなかった。返事をしないはずで、それから少したつと彼の姿は見えなくなってしまった。きっと、私と一緒ではつごうの悪いことがあるのだろう。

ひとりになるとちょっと淋しくなったが、すぐ、肩の荷をおろしたように身軽くなったのはやはり私はひとりぼっちが好きなのだろう。札幌は菊水西町《きくすいにしまち》の方に安い宿があって、それから私はそこが住所になったように泊っていた。この頃から私の持っている金が少なくなったのに気がついた。金は百五十円しかないのだ。それからは持っている物を売ったのだった。

青森の十和田湖《とわだこ》の宿に泊った時だった。宿の自転車を借りて散歩に出て、急坂を下って行った時だった。曲り角から不意にトラックが上って来たのだった。あわててブレーキに力を入れたが自転車はとまらないのである。トラックをよけて私は崖《がけ》の方へハンドルをひねった。二メートルばかり転がって、私は起き上がらなかった。（このまま死んでしまうだろう）と思ったのか、起き上がるのが面倒臭くなったのか、とにかく私は（どっちでもいいや）と思ったり（どうにでもなれ）と思ったりしていた。トラックに乗っていた人達が随分心配してくれて起こしてくれたのだが、傷はかすり傷ばかりだった。

その時、持っていたカメラはガタガタするようになって、菊水西町に泊っている間に売ったのだが、三千五百円になった。腕時計は国産だが五百円になったし、ワニ革のバンドは高級品で新しく買えば一万五千円ぐらいはするそうである。これは安くしか売れなく二百円にしかならないのである。貰ったバンドだから、いくらでもいいのだが、かわりに七十円のバンドを買ったので百三十円にしかならなかったわけである。京都の八十円ストアで買ったペンダントは五十円に売れたので、これは儲《もう》けたようなものだった。みんな他の泊っている人達に売ったのだった。「買わないか買わないか」と手にぶらさげて騒ぎ歩いて、そのたびに必ず売れたのだった。売る物がなくなって、心細くなって、東京へ知らせれば東京には私の持物を売れば今年中ぐらいは平気にすごせるのだが、「金を送ってくれ」などと手紙を出すのが嫌だった。嫌だというより面倒臭かったのかも知れない。金がなくなって、じーっとうごかないでいるのは風雪にたえているのと同じで勇者になったような気がしていた。そのうち、同宿の人夫で「血を売りに行く」という話をきいたので、

「ボクも血を売ろうかなァ」

と言うと、

「行くかァ?」

と言って連れて行ってくれそうである。

「血を売るのはむずかしいですか?」

ときくと、

「カンタンだよ、ハンコさえ持って行けばイイ」

と言うのだ。

「その、ハンコがないですよ」

と言うと、

「そうか、誰かのを借りればまにあうよ」

そう言ってハンコを借りて来てくれた。「高橋」というハンコで、私はそれを持ってその人夫の後について行った。「円山《まるやま》の方で血を買ってくれる所がある」と言って市電に乗った。四丁目で①番の電車に乗り換えて行ったのだが、平屋のようなビルで、血のような色で「血液銀行」と毒々しく、大きな字が書いてあるのが恐ろしいようにも見えるのである。玄関に「献血の場合は正面玄関から、供血の場合は裏口から」と書いてあって、私達は金が欲しいから裏口へ回った。立派な建物だが待合室へ入ると汚らしく、ここには私と同じように血を売りに来た人が十人ばかりいるのである。チンピラ風の若者、人夫らしい人、黒靴で背広でネクタイもしめている立派な紳士もひとりいるのだ。スポーツ新聞を読んでいて私の方など見むきもしない。私ばかりがあたりを見まわしているのは（初めて来たようで）と恥ずかしくなった。（慣れてるように思われなければみっともない）と私は堂々とその人の横に腰をかけた。

「あそこへ行って申し込んで来いよ、初めてだからと言って」

と一緒に来た人夫は受付の方へアゴをむけて言うのだ。さっと私は立ち上がって受付へ行ったのである。そこで、名前と年齢と職業を書くのだがハンコが高橋なので高橋貞造と書き込んだ。名を考えておかなかったのでとっさに近親者の名を書いたのだった。年齢は本当の生年月日を書いて、職業は植木屋と書き込んだ。私は植木屋が好きで、植木屋の友人もあるし、私は

植木屋になりたいとよく思うことがあるので、この職業を書いて嬉しくなった。番号札をもらって待っていると、

「57番さん」

と呼び出された。そうして私は別室で腕から血をとられたのである。「痛いなァ〱」と騒いで待合室に戻って来て、一緒に来た人夫に、

「血なんか売ってバカをみたよ、あんなに痛いことをされるとは思わなかったよ」

と訴えた。人夫はカッと目を大きく開いて、

「いまのは血を売ったんじゃないぞ、少し取って血液型を調べただけだ。本番はあんなものじゃないぞ」

と言うので、

「エッ」

と私は怖《こわ》くなった。

「本番はもっともっと太い針でとるぞ」

と言うのだ。

「本当ですか」

と私は言って血を売るのを止めることにしたのである。一人で、すぐ帰って来てしまったの

だが、電車賃と痛い思いをしただけ損をしたのである。そうして私は帰りにタバコを買ったりアイスクリームを食べたので、金は四十円しかなくなって、東京から送金してもらうことにきめたのだった。

5

手紙を出しても往復一週間はかかるので、金を借りに行くことにした。北大近くにO氏がいて、まだ逢ったことはない人だが、私の持っている文芸手帳に住所が控えてあった。北海道に来たらまず一番先に挨拶に行かなければならないO氏だが、私はなるべく行かないで北海道を去るつもりだった。私は自分の名を知っている人に逢うのが嫌でたまらなかったからだ。嫌というより、苦しいのだった。それにO氏のように教養のある人は苦手だった。

O氏は不在で、教え子だという学生のような紳士のようなサラリーマンのような青年がいて、私は本当の名を告げて、

「ちょっと、お逢いしたいのですが」

と椅子に腰をおろした。金を借りに来て、相手が留守で、それで帰って来てしまったのではツマラナイ。待っているのもツマラナイけど、我慢して待っていることにしたのである。

「北大の中はもうご覧になったでしょう」

と私は言われて、

「まだ、この辺に来たのは初めてです」

と答えた。菊水西町には長く泊っていたが、北大辺に来たのは初めてである。

「ポプラ並木は？」

と言われて私はハッとした。（そうか、絵葉書にある有名なポプラ並木は）と、その口ぶりではこの辺にあるらしいのだ。

「あの有名なポプラ並木は……この辺にあるのですか？」

ときいた。

「北大のなかですよ、ご案内しましょう」

と言われて、私は勢がよくなった。思いがけなく見ることが出来るので儲けたような感じである。そうして私は北大の中を歩いた。巨木の庭は雄大で学校の庭のようではなく、アメリカ映画の西部劇に出て来るような場面と同じである。芝生の中は誰でも入っていいし、寝ころんでいる人もいるのが、たまらなく羨《うらや》ましい。

「これが、クラーク博士の胸像で、あちらがクラーク会館です」

と言われて私はまたハッとした。こないだ「クラーク会館で札幌のギター愛好者達の音楽会がある」というポスターを見た時、「クラーク会館って、どこですか？」と聞いたが、同宿の人は誰も知らないのである。隣りの家畜病院の息子さんがギターを弾くというのでそこへ聞きに行った時だった。クラーク会館の場所は教えてくれたが、「四丁目で電車を乗り換えて」というところまで聞いて、そこで面倒臭くなったので行くのをやめてしまったのだ。大体、私にはクラークという名も覚えにくいのである。(パンならクラッカーだけど)と思ったので、

「クラークというのは何のことですか？」

と、私はこの外国語の会館の名が珍しかった。会館の名なら、セントラルとか有楽座だとか、日比谷《ひびや》劇場とかいう風に地名が多いのに、クラークという特別の名は意味がわからないのだ。

「クラーク博士のことですよ、有名な――青年よ、志《こころざし》大なれ――と言ったクラーク博士のことですよ」

と息子さんではなく院長さんが横から大きい声をだして教えてくれたのだった。私はいま、O氏の弟子に、そのクラーク博士の胸像を指さされて、これは、私の知っている名の人が現われたのと同じなのでびっくりしたのだった。

「これがそうですか」

と私は言って、

「あの、有名な、青年よ、志大なれと言った」

と、ちょっと、私は、知っているということを自慢したくなったのである。それから、

「このヒト、いま、生きているのですか？　死んでいるのですか？」

ときいた。

「いまは生きていませんよ、明治時代の人ですから、北大を開いた恩人です」

と教えてくれた。（死んでいるんだナ、それなら悪口を言っても差しつかえないだろう）と思ったので、

「ツマラナイことを言ったものですねえ、クラーク博士は、ココロザシ大ナレなんて、そんなことを言う人は悪魔のような人じゃないですか、普通の社会人になれというならいいけど、それじゃァ、全世界の青年がみんな偉くなれと押売りみたいじゃァないですか。そんなこたァ出来やしませんよ。そんな、ホカの人を押しのけて、満員電車に乗り込むようなことを」

と言うと、その青年のような紳士のようなO氏の弟子は顔の色がさーっと変わった。

「そんなことはないですよ、クラーク博士の言われたことは」

そう言って、ボーイズ、ナントカナントカと外国語になって、それから、

「少年よ、大志を抱けというのは、訳が、クラーク先生の言われたことと、少しちがうのではないかと私は思いますよ」

と言うのである。（そうか、それなら悪口を言ったってツマラナイ）と私は思った。私はそんなことより、このヒトが怒ったような顔つきをしているので心細くなった。そんなことはど

ちらでもいいので、せっかく案内してくれたのに感情を害してしまったようで、これは失礼なことを言ってしまったのではないかと気がついた。（早くなんとか、気分をよくしなければ）と途方にくれた。なんでもいいから、うまく言えばいいと思ったので、少しまをおいて、

「いや、偉い人ですね、クラーク博士は。あのクラーク会館もいいですねえ、演奏会なんかもあるそうですね」

と私は大きい声で言った。すぐに相手は喜んでくれて、

「偉い方ですよ、クラーク博士は、北海道を去る時に、見送って行った弟子達が、〃センセイ、私達のために、何か、ひとことを〃と泣いて別れを惜しんだ時、クラーク先生は馬から降りて〃少年よ大志を抱け〃とおっしゃって」

6

それを聞いているうちに私は大坂城を追い出された片桐且元《かたぎりかつもと》が長柄堤《ながらのつつみ》をトボトボ馬で去って行く光景を思い浮かべていた。若い木村長門守《ながとのかみ》が馬を走らせて〃待って下さい、もしも、関東方とお手切れになった時は〃と言うと、片桐且元は馬から降りて〃ワタシがいなくなったあとは真田幸村《さなだゆきむら》どのに〃と泣いて教える光景を思い浮かべていた。そうして、やっぱり、クラーク博士も（追い出されたらしい）と思ってしまった。

「追い出されたのでしょう、クラーク博士も」

ときいた。

「いや、そんなことはありません」

そう言って、その青年紳士はそれで話をやめてしまった。（変だな、クラーク博士も、泣いて別れるぐらいなら北海道から去って行かなければよいのに、きっと、去って行かなければならないような事情があったのにちがいない）と思った。

「片桐且元が、大坂城を追い出されたのと同じでしょう？　クラーク博士は」

と言ったが、

「…………」

青年紳士は黙っているのだ。急にむッつりされてしまったのはキモチが悪い。（どうもいけないナ）と思った。菊水西町では同宿の誰とでも面白く話し合うのに、こういうところへ来ると（ダメだナ）と私はあきらめてしまった。が、黙ったままでは申しわけがないような気がするし、O氏が帰って来なければ私はコノヒトに少し金を借りて帰ろうと思うのである。

「たいしたものですねえ、クラーク博士は、クラーク会館も立派ですねえ」

と話しかけた。

「そうです、いろいろ設備があって、喫茶店も理髪店もありますよ、映画もやる時もあります」

と教えてくれた。

菊水西町で泊っていたときだった。前の宿の二階で、

「根室《ねむろ》は涼しいぞ、寒いくらいだ」

と言う話し声が聞こえてきた。私は窓から首をだして、

「根室はそんなに涼しいですか?」

と大声で騒いだ。

「ああ、涼しい。けさ根室から帰って来たばかりだ」

と言う。(そうだッ)と私は立ち上がった。そうして私はすぐ根室へ行くことにきめた。

釧路までは行ったことがあるので汽車で行って、そこから、私は下駄バキで歩いた。根釧《こんせん》原野と呼ばれる不毛の湿地帯だが、広い草原で道もなく誰もいない。逢うのは野花の群ばかりである。八月の中旬というのに開拓地の畑は菜の花がいまさかりである。誰もいない草原に深い霧は魔法のように忽然《こつぜん》と目の前に羊の群を現わすのである。黄色い除虫菊の群生も、桃色のげんのしょうこの花々も、名もしらない野生の群は黙っているが、あざやかに咲いている。血のしたたるような真紅の花の房は、ナナカマドの実なのだ。吐息で染まったようなサビタの花は林のように続いているのである。

花咲港《はなさきこう》まで三日も歩いて私は根室へ着いた。「ううーウ」と苦しいうめき声で鳴るのは船と船の衝突を避けるために灯台から鳴らす霧笛である。ひるまだが、霧で宵闇のように暗い。たまに通るトラックはヘッドライトをつけているし、この道にはハマナスがまだ咲いているのだ。ここでも霧の魔法は、突然、草原に巨大な乳牛を蜃気楼《しんきろう》のように現わすのだ。

霧は、むこうの方にもうろうと農家らしい影を現わした。私の幻想は、その家に近づいて、私の名を告げて、その家から出て来るのは私を狙っている若者なのである。私は誰にも知られないように殺されて、誰も罪人にならないで死にたいと、ここまで来たのかもしれない。

丘で、私はある家を見つけて近づいた。勝手口があいていて、

「水を、のませて下さい」

と言った。親切な奥さんが出て来て、コップをみがいてこぼれるように水をくんでくれた。

ぐーっと呑んで、

「うまいですね」

と思わず私は言った。

「イロヒメの水ですよ、イロヒメの水をひいているのですよ」

と教えてくれて、またこぼれるほど注《つ》いでくれた。

「ううーウ」と霧笛は苦悩の音をたてている。ぼーっと黒い対岸はソ連領の島々だ。さいはて

の霧の中の沼のいろ媛《ひめ》の水は冷い。私は、知らない家の勝手口に立って乞食《こじき》のようにガブガブ呑んだ。

いのちのともしび

私の十二月

十二月になったといっても私は年賀状など出さなくてもいいのだ。年賀状ばかりでなく、ほかに、なんにも、年の瀬の用事などはない。私の書いた「F」小説の結果、世間から遠ざかることになって、去年もことしも旅行していて、そんな日をすごしていてもだれにもあやしまれないでいられるのだ。

旅行といっても、行ったところでアパートや下宿生活などをしていて、町を歩いたり、たまには書きたいことを書いたりして、あきれば、どこか行ってみたいところへ移動する。いつも旅行中で、東京にはいないのだから手紙をもらったりしても返事など出さないでいいのだ。私あての手紙はときどき、まとめて旅先へ回送されることもあって、私は読んでも「ああ、そうか、このひと、手紙をくれたけど、僕はいないんだから返事を出さなくても悪くは思わないんだ」と、あとは荷物にならないように破いたり、焼いたりしてしまう。もっとも、今までも私は手紙をもらったり、会って話したりすることは四季に咲く花をながめるのと同じで「いまはきれいだが、あとではシボんでしまうんだ」と、そんなつもりだった。こんどは、今までより、はっきり私の意思があらわせるようになったのだ。

旅先でも私の方から用事ができた場合はこちらから出向いて行くことにしていて、たいがい「東京へ帰る」ということになるのだがそんなとき、「東京へ行く」という気がするのだった。私は完全に東京から——東京の住居や交際から——離れることに成功したのだ。東京へ行って、その用事のある人の家へすっと現われるのだが、そんなとき私は忍者の猿飛佐助になったような気がするのである。ふだん、どこにいるのかわからないようにしていて用事の時にばかり、突然すーっと現われるのだから、ずいぶん自分勝手なように思われるだろうがそんなことは私は思わない。

向こうでは「ひょっこり帰って来た」と思ってくれて「あー、よく——、来たね——」とよろこんでくれてお互いに、楽しく遊ぶように用事が終わってあきればすーっと帰って来る。そんなとき私は忍者の霧隠《きりがくれ》才蔵になったような気がするのだ。

去年もことしも、私はそんな日をすごしていて、これは私には思うつぼのその日その日なのだった。旅行は、夏は涼しいところへ、冬はなるべく寒くないところですごしていたので、ちょうど、渡り鳥のようである。ことしになって私は自分のことを「渡り鳥のジミー」とか「ジャンバーを着た渡り鳥」と自称している。ジミーは以前から使っていた私の愛称なのだ。「渡り鳥のジミー」と名のって思いだしたが私は二十年も前「風の又三郎」と呼ばれたり自称したこともあったものだった。風のように訪れて、風のように去って行って「あいつは勝手なやつだ」というような感じを与えたらしい。勝手なやつというのは自分勝手な、気ママな交際の仕方だという意味である。だから、私はそんな性質なのかもしれない。自称したいのは自分で「ウッテツケの名前」だと自信があったのかもしれない。

気ママな交際は「あいつは変なやつだ」とも思われたらしいがことしは正々堂々とそんな日をすごしていられたのだった。だから正月が来るといっても年賀状のしたくなどしなくてもいいし、中元とかお歳暮の贈り物などもしなくていいのだ。年賀状は前々からやめようと思っていたのでやめてサッパリしたが、お歳暮のほうは、去年は、ちょっと未練のようなものもあった。だが、勇気を振るってやめてしまったのは自分でも「アッパレだ」と感心したりするほどむずかしい事だった。「ああ、あのひとに、なにか、お歳暮のしるしに」とプレゼントしたい相手はだれでもあるだろう。渡り鳥のような私さえ未練があって、むずかしいことなのだ。去年は未練があったがことしはそんな未練気が全然ないのは、やはり、世間から離れることが

「イタにツイタ」ことになるのだろう。この世間から離れることを「亡命」という名をつけてくれた人があったが、この言葉も私には「ウッテツケ」で、これも自称したいぐらい好きだ。亡命というのは命を失うという文字なのだろう。「逃亡」とも言ってくれた人があったが、これも私は好きだ。だから「渡り鳥のジミー」「ジャンバーを着た渡り鳥」「風流亡命」「風流逃亡」「風の又三郎」と私は五つも自称したい名を持つことになったのだ。

初めは渡り鳥のようなつもりではなくやくざ者のマタタビワラジのような気がしていたのだが、マタタビはほとぼりのさめるまでらしい。私はいつまでもつづけていたいので、やはり「渡り鳥のジミー」になりたい。そんな、渡り鳥のジミーにも「ことしのできごと」はあった。いろいろの人が死んだことだった。

消えて行く人たち

旅の下宿で人の死んだのを知ると意外に思うときもあるのだった。新聞はあまり読まないが、どうしたものか、そんなことに限って耳に響いてくるのでそんなときは新聞を見たくなるのだ。名前だけしか知らない人もあるし、つながりのあった人もあるし、病気をしていることも知らないでいて、突然、死んだのを知るのだから「生きているということは、ほかの人の死ぬのを知ることなのだ」とさえ思う。

人の死ぬのは、ちょうど、木になっているカキの実が盗まれてゆくように、ポッン、ポッンと気がついたらなくなっている。「ああ、あそこになっていたのに」と、むしられてしまったカキの実のようにいつのまにか視界から消えてしまう。

マリリン・モンローが死んだのは北海道で知った。途端「永遠の女だナ」と私はブツブツ、ひとりでツブやいた。惜しいような、うらやましいような、独身の女の死なのである。そのまえ「永遠の人」と呼ばれるウエスタン歌手のハンク・ウイリアムズの歌が六十曲以上も吹き込まれている三枚つづきのレコードアルバムが発売されたのを知って私は東京へ注文したのだった。それは、飛行機で来る人のついでがあって無事に私の手もとに届いて、北海道にいても死んだハンクの歌はいつでも私の耳もとに新鮮なタッチを与えてくれているのだった。

映画俳優のジェームス・ディーンも永遠の人と言われてるそうだが私には用はない。

さて、永遠というのは私の生きているうちということである。太陽も永遠に輝くが私の死と同時になくなってしまうのだから永遠というものはそんなものなのである。ハンクは死んだがいつでも新鮮な感動を与えてくれるし、マリリン・モンローは死んだが彼女の、あの美しい腕も、腰も、手も足も、胸も、顔も、いつまでも私たちの瞼《まぶた》に焼きつけられているではないか。あの女はロクな映画に出演したことはなかったと思う。『イブのすべて』などセリフばかりの映画だし『バス・ストップ』なんてのは凡作よりひどい映画で、ただ彼女が美しいだけだった。出演本数も少ないし、つまらない映画だったのに彼女があんなに売りだしたのはどんな雑誌をひらいても彼女の姿を見つけることができるほど使われたからだろう。どんなに美女のスナップが並んでいてもマリリン・モンローは輝くように光っているのだ。ただ、その姿だけで、小説家も画家も表現できない強烈な感動を与えたのだ。「自殺だ」とか「スイミン薬の飲みすぎだ」とか「殺された」など言われたが私はそんなことはどっちでもいいのだ。

ハンクもマスイ薬の飲みすぎで死んだそうである。ディーンの交通事故もスピードの出しすぎだし、マリリン・モンローもそうだろう。みんな偶然の死で、ちょうど、うごいている画面が止まったままになったように永遠の人は死んだ。彼女はシワクチャになった姿を私に与えなかったのだ。偶然の死は彼女の美しい姿を浮き彫りにして彼女は永遠の女になったのである。ブリジット・バルドーはマリリン・モンローよりも私は美しいと思う。彼女もよく自殺未遂をやるが彼女も、いまに、きっと自殺してしまうだろう。美しい者の宿命だろう。美しい者だけが発見したこの世の道なのかもしれない。ほんとにすばらしい画家は自分の絵を、かいただけで焼いてしまうのに似ているようだ。

ことしは正宗白鳥も死んだ。だれだれ「は死んだ」ではなく、だれだれ「も死んだ」のだ。死ぬということは、そんな当たり前のことなのだ。正宗白鳥はマリリン・モンローとはちがって、老いて、病んで、骨と皮ばかりのようになって死んだ。シャバのできごとの悪口を言って美しいことを暗示しようとしたらしい。マリリン・モンローは美しいものを自分の身体から現わすことを発見したのだが、正宗白鳥は美しい事を捜していたらしい。美しい「物」ではなく美しい「事」だったらしい。二人ともその一生は聖者の行進のように私は思えるのだ。

白鳥は自分の葬儀を簡単にしたいと計画していて、それはそのようにすんだのだった。私の小さいころなどは葬式のときに銭を投げたものだった。棺のうしろから竹籠を高く掲げて、その竹籠を振り回して中からゼニを四方へ散らせる。たいがい一銭か、二銭か、五銭ゼニだが女や子供たちは争って拾って、これがホドコシになるのだそうだ。人は死んでホドコシをするのは死者の意思で寄付などをするのと同じらしい。

お通夜《つや》や葬式に飲んだり、食ったりするのは日本だけだそうだ。白鳥の葬儀は故人の意志で香典《こうでん》も花輪ももらわなかったし、キリスト教なので飲んだり食ったりもしなかった。白鳥はもらいもしなかったし、ホドコシもしなかったのだった。死ねば死体のあと片づけをしさえすればいいのだ。葬式というものはそれでいいのではないか。私は知人が死んでも香典などはやらなくてもいいのだときめている。

渡り鳥のように

五ツ木の子もりうたに「花が咲いてもロクな花ァ咲かぬ、手足かかじるいげの花」という歌詞がある。いげの花というのはどんな花だか知らない。

花の名はいろいろと地方の呼び名があるが、私の郷里では「乞食《こじき》」と呼んでいる雑草がある。よごれた白いカワラナデシコのような花で実は細い枯れ木のような棒状で、着物などに刺さるようにはりついて繁殖するのできらわれる草なのだ。地方によっては「すッとんび」とも言われているそうだ。

ことし、私はある地方を歩いた時、土手をかけ降りて、久しぶりにこの「乞食」にはりつかれたのだった。ズボンにいっぱいはりついてしまったので一本ずつむしり取ったのだが、ずっと昔、私はこどものころ「乞食」にはりつかれた時のことを忘れない。「乞食」がはりついたことを「乞食にたかられる」と私の地方では言っていた。「あれ、困ったよオ、わしゃア背中が寒くなってきたジャン、乞食がいっぺエたかってるジャン」と近所のおばさんに教えられて私は気がついたのだが私の着物――そのころの子供はカスリの着物を着ていたのだった――にも、モモヒキにも泥がついたように密集してはりついていたのだった。植物の枯れ枝だが生きもののようにとり憑いて、その先端の幾筋もの冠毛(かんもう)は両手をひろげてとらえるようにはりついていたのだった。私はこの時のおそろしさをよく覚えているが、気味のわるいほど、いっぱいタカられたのだった。それから私は「乞食」がきらいになって、おそろしい生きもののような気がしていたのだった。その時は、その近所のおばさんがむしりとってくれたのだが、こんどはだれもいないのでひとりでむしりとったのだった。ズボンだけだがかなりタカられていて、きらいなものをつかんでとるので、やはり背筋が寒くなるような思いだった。そうしてむしりとったあとのなんとサッパリしたことだろう。

その時、私は「ははア、この気持だナ」と気がついた。私は年賀状を出さなくてもいいことにきめたし、中元、歳暮の贈り物もしなくていいし、手紙をもらっても返事を出さなくてもいいときめたとき、なんとも言えないサワヤかな、さっぱりした気持になったのだった。そうして「乞食」をむしりとったあとの安心感と同じだったのだ。ほかにも私は葬式があっても香典をやらなくてもいいし、結婚などがあってもお祝いをやらなくてもいいことに決まったのだから、こんな、さっぱりした気持は「他の人にはわからないだろう」と思ったほどである。渡り鳥が身を軽くするように私は負担を少なくすることが楽しいことなのである。

生きていると雑草の「乞食」がタカるようにいつのまにかいろいろなきたないゴミがつくものだと思う。まだまだ私にはいろいろなゴミがついているはずだから念入りに調べなければならないのだ。その、私の払い落とすきたないもののことを悪魔と呼ぶことにしている。私に関係のないことでも私は悪魔を見つけたりすることもあったりする。私は悪魔などなぜ見つけるのだろうか。

私の書いた「F」小説の直後、世間から遠ざかっている期間中――私はある家で警察の人たちといっしょに住んでいたのだが、ギターをひいたり、囲碁やマージャンをやったりレコードをかけたりして遊んでいて楽しく三カ月ばかり過ごしたのだが、家の中にばかりいて外へ出なかったのだった。私や仲間たちはこの期間のことを「幽閉」と呼んでいる。私は幽閉から渡り鳥のジミーになったのだから悪魔ばかりが目につくのだった。クラシック音楽も悪魔ではないかと思った。

クラシックの音楽は音をたのしむのではなく音楽に思想だとか、感情だとか、空想だとかをのせようとしたもので音楽とはちがった道だと思う。音楽は音の高低やメロディーなどが目的ではなく、また歌とは別なものだと思う。音楽はリズムで表わすより外に方法はないはずである。クラシック音楽は教養だとか、学問的だとかと、音楽とはちがうむずかしいものにしてしまったのである。「他人を尊敬することは悪魔である」ともきめた。他人を尊敬したりすることは自分の楽しい生活以外のことなのだ。「神社仏閣をうやまうことは悪魔である」ともきめた。神も仏も人間を祀《まつ》ったもので建て物や人形はながめて楽しむものなのだ。「ロダンの〝考える人〟は悪魔である」ともきめた。考え込むことは楽しいことではなく不幸なことだからである。渡り鳥のジミーは年と共に、払い落とすものを見つけてもっともっと身軽になるのである。

民謡漫歩

私は、民謡が好きなので『楢山節考』を書いたのだが、あの小説の中に出てくる楢山節を作るのがたのしみだった。歌詞を作ったり、ふしをつけたりするおもしろ味にひかれて、次から次へと歌詞を作ってしまい、全部を小説に入れることは出来なくなってしまった。同じような似た歌も出来てくるし、小説にはあまり必要のないものも作ってしまったからだった。それでも、その不要になった歌詞も、ギターを弾きながら唄うと、私には捨てがたい味もあるので、いまでもギターを弾きながら、ときどきひとりで唄ったりしている。忘れて思い出せない歌もあるが、ふっと、思いだすときなどもあって、そんなときは、ほのかな郷愁のような味わいを私だけは感じるのである。

『楢山節考』が出版されて、かなりたってから故郷の山梨へ行ったときだった。あの小説の場所は信州ということになっているが、書いた私のイメージは山梨である。小説の中の方言も甲州弁である。その山梨へ行ったとき、昔の友人に逢った。戦前の友達だからもうかなりみんな年をとっている筈だ。私より年が上の友人もあったし、年は下でも、もう四十歳以上になっているのだ。

「あれ、ヒチローさん、めずらしいじゃごいせんか」

と、たいがいの友人が同じことを言って逢えば喜んでくれた。小学校や中学校の友人、ギターの友人など私は交際が多いほうだが、逢って話をしたい友人は戦時中の闇物資関係の友人である。闇物資関係というと大げさだが、闇屋という言葉が一番ふさわしい。お互いに貴重な品物を交換し合った仲である。ヤミヤというと体裁が悪いが、その当時は闇取引でなければ栄養失調になってしまうのだった。ただ自分たちのたべる物ばかりではなく交換することや、値段が高いので余計に買って、あまった分は売って、それで利益を得て、いくらかでも安くつくようにしたものだった。山梨はまわりが山で囲まれていて、私のいた石和町《いさわまち》からは自転車で一時間も走れば南も北も、西も東も山である。私の闇の買い出しは西の甲府方面以外は、ほとんど、どこへでも行ったものだった。知り合いの人に教えられて行ったり、一軒知り合いになれば順にふえていくのだった。どんな知り合いでも闇の物資を売ってくれれば、親しくなるものである。逢えば友人というより親戚《しんせき》のような気になってしまう。私のいちばん訪ねてみたいのは笛吹川をずーっと下ったところのトモスケさんの家である。(まだ、生きているかな)とも思えるし、(おかみさんは達者かな)とも思うし、(娘さんはどこへお嫁に行ったかな)と、ときどき思いだす。

石ころの急坂を登って、トモスケさんの家の横に行った。左側のワラ屋根の物置小屋の横には大きい溜（たまり）の便所があって、そこから匂ってくる人糞（じんぷん）の匂いは二十年たっても変わらない。

「めずらしい人がきやしたねえ」

という声が物置小屋のかげから聞こえて、現われたのはトモスケさんである。（生きていたナ）と私は思った。二十年ぶりで突然にきたのに、すぐ私だと判ってくれたのである。

「えらく、おひさしぶりで」

と私は嬉しくなって挨拶した。ぷーんと匂ってきたのは便所の匂いではなく（堆肥《たいひ》の匂いだ）と私は思いだした。だいたいの百姓は今はもう化学肥料を使っている筈なのに、ここではまだ堆肥を使っている様子である。堆肥は木の葉や、土や、藁《わら》を順に置いて人糞をかけて腐らせるのである。私が思いだした匂いは腐らせるためにそれをときどき掘り返して発酵させるときの匂いなのだ。なんとなくあたたかいような、むせ返るような特有の肥《こや》しの匂いである。ふーっと、戦時中のときを思い出させる匂いなのである。この匂いがまた、農家の味なのだ。厭《いや》な匂いがなんとなく、のんびりとなってしまう。

「さあ、おあがりなって」

と言ってくれるが、私は家の中へ入っても上へはあがらなく、土間のかまちに腰をかけていたい。そのほうが気がらくだし、昔と同じ気分になるのだ。

「ふんとに、よくきてくれやしたジャン」

と言うのは裏の縁側に足をのばして坐っている老女である。これがトモスケさんのおかみさんだ。トモスケさんは私より背が低く、ずんぐりした身体つきでギョロッと目が光っている。おかみさんは私よりずっと背が高いのである。トモスケさんより年はとっていない筈だが、髪はかなり白くなっているのでトモスケさんの母親のように見えるのである。

「病んで、へえ、三年も病んでいやァす」

とおかみさんは言う。病気は重い神経痛だそうである。トモスケさんはかまどで火を燃やしてお茶の湯をわかしている。

「小説だか書いたっちゅうねえ」

と老母のようなおかみさんが言うので私は意外に思った。新聞なども読まないし、向こうにテレビはあるが、おそらく歌謡ショーしか見ないだろう。読書などには縁の遠い山峡のお百姓さんである。私の小説のことなど知っていることが意外なのだ。

「そう、そんなこともしたり、いろいろやっているよ」

と私は気のない返事をしていた。

「えらく、儲《もう》けたっちゅう」

とトモスケさんがお茶を入れてくれながら言うが、

「なあに、たいしたこたァねえさ」

と言うと、その途端、

「とぼけたってダメだよ、みんな知ってるよ、フカサワさん」

と白髪のおかみさんは足をのばしながら目を剝《む》くような凄《すご》い顔をしている。小説を書いたと言っても大衆小説ではないのだから儲けたと言ってもいいものだか私自身もわからない。私も言いかたには迷っていたのだ。が、とぼけた、などと言われては気持が悪い。きっと、噂《うわさ》などで「儲けた、儲けた」などと聞いていたのかも知れない。

「えらく儲けたっちゅうよ。俺家《おらん》のおばァさんのことを書いたっちゅう」

とこんどはおかみさんが言うので私は驚いた。このおかみさんが「俺家《おらん》のおばァさん」と言うのだから、おかみさんの母親か、姑《しゅうとめ》のことだろう。そんな古い人のことなど私が知っている筈はないのだ。

「そんな、ここのうちのおばァさんのことなんか書いたじゃねえさ」

と私は言ったが、ひょっとすれば、そのおばァさんというのは小説の主人公のおりんのような人だったかも知れないとも気がついた。

「ふーん」

とおかみさんはすぐ納得したらしい。その顔は、私がとぼけているとは思ってはいないらしい。それにしても、モデルだと思い込んでいたらしいのが、そうではないと言えばすぐそれで万事が納得してしまうのだから、私のほうが拍子抜けしてしまった。

「そのおばァさんは、どんな人だったでえ？」

と私はきいてみた。

「おりんという名だったさ、わしゃ、こんねにまずい顔をしているけんど、わしの生まれた家の親はいい器量だったよ、そんなことをフカザワさんが知ってるわけもねえしねえ」

とおかみさんはひとりごとのように言っている。

「それじゃア、源やんのうちのおばァさんのことを書いただナ」

とトモスケさんが横で言っている。私は目がくらむような感じである。なんと、なんでも簡単にきめてしまうことだろう。

「そのひとはどういうひとでえ？」

と私はあわててきいた。

「まッ白い頭の、いいおばァさんだった。むすこは親不孝だったからなァ、可哀相だったなァ、死ぐ時ゃア」

と言っている。小説など読んだことはないし、誰かに筋書でも聞いたくらいだろう。私は手土産の菓子を持ってきたが、お菓子などより私の小説でも持ってきたほうがよかったのではないかと後悔してきた。こんなふうに思っているとは知らなかったからだ。

「鳴りものがえらくうまいっちゅう」

とおかみさんは言いだした。私がギターを弾くということだろう。これは、むかしから知っている筈だが、弾いたのを見せたことがないので私がギターを弾くということは忘れてしまったらしい。ギターのことも誰かに聞いたのだろう。

「ゆっくりおしなって、今夜は泊まっておいでになって」

とトモスケさんは言いながらむこうへ行った。泊まって行け、と言うのはお世辞ではない。農家では遊びに行くということは二日も三日も泊まっていくことである。私は泊まるつもりできたのではなく、ふらっと寄ってみるつもりだったのだ。それでも泊まれ、というのは私を親戚のように思ってくれているのだからうれしくなった。

「娘さんは、どこへお嫁に？」

と、おかみさんだけになったのできいてみた。その当時、嫁に行く年頃の娘さんがふたりあって、「いい嫁口があったら世話をしてくれ」と頼まれていたのだった。うまい嫁口も私には探せなく、そのままになっていて、いまでもそのことが気にかかっているほどである。よく働く、まじめな、おとなしい娘さんだった。

「へえ、おかげさんでいいとこへ行きやしたよ」

とおかみさんは嬉しそうに話しだした。上の娘さんは大百姓の跡取り息子の嫁になって子供が三人もあるそうである。下の娘さんは学校の先生の嫁になって、

「ムコをとったじゃねえけんど、ゆくゆくはこの家の跡をとってもらうつもりでごいすよ」

と娘さんのことになると暗記しているようにすらすらと話しだした。

「おんなを、ふたり嫁にやって、こんな貧乏家でもひっ傾《かし》がりやした」

と言うのは娘を嫁にやって嫁入り仕度に金を使ってしまったというより、たくさんの品物を持たせたという自慢をしているのだ。また、そんな仕度をしなければ嫁に行けないほど先方が立派な家だということを言っているのだった。

「いいところへ嫁に行って、よかったですね」

と私も相槌《あいづち》をうった。ひょっと気がつくと裏のほうで薪《まき》を持ちあるいているトモスケさんがいる。さっき、表のほうへ行ったが、いつのまにか裏に廻っているのである。

「湯を立てるから、今夜はゆっくりしておくんなって」

トモスケさんはそう言っているが、私は泊まるつもりはない。

「そんねに、ゆっくりも出来んけんど」

と私が言うと、

「いいじゃごいせんか、いま、村の衆にそう言ってきたでえ、今夜、うちへ泊まるから、みんな話を聞きにくるようにと言ってきたら、若い衆はギターを持ってくるそうでごいすよ、ギターを教えて、もらいてえだと」

と言うので、めんくらってしまった。さっき、表のほうへ出て行ったが、もう村のどこかの家へ行ってきたのだ。

「湯がすぐわきやすよ、この村でも水道になりやした」

というので、これもめんくらった。こんな山の村でも水道になったのである。

「泊まっておいでになって。有名になったら泊まってくれんというわけでごいすか」

とおかみさんも言うので困ってしまった。泊まらないのは失礼になってしまうのだ。

「泊まらなきゃア、チュウは日帰りだなんて言うじゃねえけ」

と私は言った。

「チュウじゃごいせん。ジョウでごいすよ」

とおかみさんは言った。ジョウは上等の人間のことで、チュウは中位の人間のことである。

「ジョウはこぬ、と言うけんどきてくれやしたねえ」

とおかみさんは言った。つまり、私は上等の人間扱いされたのだった。この辺の諺《ことわざ》では、「ジョウはこぬ」と言って、上等の客は自分の家になどこないという意味である。「チュウは日帰り」と言って、中位の人間はきても泊まっては行かないで日帰りなのである。それに反して「ゲスみっか」と言われるのは、下等の人間で、ゲスは三日も泊まって行くということである。

「それじゃ、今夜は泊めてもらうかなァ、ジョウはこぬ、チュウは日帰りなんて言われては困るから」

と言って私は泊まることにきめた。私はひとりごとのように、「ジョウはこぬ、チュウは日帰り、ゲスみっか」と笑いながら言うと、

「ゲスみっかじゃごいせんよ、ゲスはとおかでごいすよ」

とおかみさんは言った。私のひとりごとを聞いていたのだ。私の家のほうでは「ゲスみっか」と言うが、この辺では「ゲスとおか」と言うらしい。

「ゲスは十日ですが、親《オヤ》バラは三日でしょう」

と、私は夕食を御馳走になりながらこうきいてみた。親バラというのは他家でたべるゴハンは遠慮しなければならないので腹一杯たべることは出来ないが、親の家でたべると腹一杯にたべるので三日は腹がへらない。つまり親の家でたべればそれからは三日間はよその家で少ししかたべないでいられるということなのである。

「親バラも十日でごいすよ」

とトモスケさんは言う。おかみさんは口を揃《そろ》えるように、

「この辺じゃア、親バラ十日と言いやすよ」

と言うのだ。

「こないだ、きみ子が帰ってきて、十日ぶんぐれえ食って行きやした」

とおかみさんは続けて言った。上の娘のきみ子さんは嫁に行ったが、姑がいるので腹一杯たべることは出来ないようである。姑に遠慮するのか、それとも、ふだんはケチにしていて、実家へたべるために帰ってきたのか、とにかく私は自分の小説の『楢山節考』になんとなく似ているような気がしていた。主人公のおりんのモデルではなく、米が尊いということを目の前に見せつけられるように思えていた。

「きみ子なんか、食い稼《かせ》ぎでごいす」

とトモスケさんが言った。食い稼ぎというのはよそで、めしをたべることも稼ぐことだという意味である。

「食い稼ぎばかりじゃごいせん」

とおかみさんは言った。嫁に行ったきみ子さんは帰ってくると、

「いきなり、石臼《いしうす》で米をひきはじめやした」

とおかみさんは言った。それから、

「米の粉でおだんごをこしらえたけんど、みんな持って帰《け》えりやした、わしらは味も見んで」

と、おかみさんは言ったが、嬉しそうな顔つきで話しているのは、たくさん持たせてやったので嬉しいのである。自分はたべないと言うがたべるのが勿体《もったい》ないので、なるべく多く持たせてやりたいのだ。そうして、それは自分がたべるより嬉しいことにちがいない。

「まあ、ボクはうんとたべますよ」

と言いながら、私は炊いてくれた煮《に》ッこわめしを腹一杯たべた。戦時中の買い出しのとき、私は赤飯が好きなのでモチ米をよく買ったものだった。それを知っているので、トモスケさんは赤飯をふかしたのではなく、ウルチ米とまぜて煮ッこわめしを炊いてくれたのである。これは大歓迎されたことなので、私も遠慮しないでたべなければ申しわけないような気がするのだった。

その晩、村の人達が多勢きてくれた。おばあさんから若い衆まで、入口から土間に立っている者もあるし、座ぶとんを持参できているおじいさんもあるし、赤ん坊をおぶってきているおかみさんもあるのだ。

「何か話をしてくれ」

と言うが、どんな話をしていいか見当がつかない。結局、若い衆の持ってきたギターを弾くのがいちばんいいことになった。

さて、ギターを聞いてもらうのだが、何を弾いていいのか見当がつかない。それで、誰にでも分かり易い『禁じられた遊び』の曲を弾いた。弾き終わって、顔をあげて見まわすと、みんなポカンとしたような顔をしているのだ。（いい曲だとは思わないナ）と私にはよく判った。それから、フラメンコの派手な曲を一曲弾いた。これも、狐に化かされたようにポカンとした顔つきである。（困ったナ）と私のほうがつまらなくなってきた。（やめようか）と思っていると、

「何か、歌をやってもらいてえけんど」

とトモスケさんが言いだした。歌は私はダメなのだが、このままではやめることも出来ないらしいので、ガンガラ声だが唄うことにした。勿論《もちろん》歌謡曲などは自信がないので、誰も知らない歌、私の小説の歌――『楢山節考』の歌を唄えばいいのである。声が悪いのでその言いわけをまず私はしなければならない。

「いいですか、楢山節を唄いますが、これは三橋美智也のようないい声で唄っては味が出ないですよ。山の中の老人が唄うようなふしで、声もいい声じゃだめですからね」

そう言って私は弾きだした。前奏をちょっとつま弾きながら私は考えた。歌詞もつまらないし、曲もつまらない楢山節なので、歌の意味でも説明して聞いてもらうことにした。小説に書いてある歌詞は私自身があきているので、作詞はしたが小説には使わなかった歌を唄うほうが私自身がたのしいのである。

〽夏はいやだよ　道が悪い
　むかで　ながむし　山かがし

と弾きながら唄った。それから歌詞の説明をはじめた。この歌は山へ棄てられるお婆あさん自身が唄う歌で、夏はヘビやトカゲがいるので山へ行くのは厭だ、と言う意味で、つまり、夏棄てられるといつまでも生きているから厭である、今ならすぐ凍え死んでしまうから、冬にしてもらいたいと遠まわしに言っているので、小説の「山へ行く日にゃ雪が降る」と同じ意味なのである。山へ行く日に雪が降れば運がいい。道が悪いという言いかたは運が悪いという意味なのだ。

こう説明して私はもう一度この歌を唄った。唄い終わると、

「パチパチ」

と手をたたく者があった。そうすると、みんなが一せいに手を叩いた。（よかったなァ）と私は肩の荷が降りたようである。つづけて次の歌の、

〽ひっくりげえしの　ひだりまえ

四ツ身ひとえで　ツボ足仕度《あしじたく》

この歌を思いだしたので唄った。左まえに着るのは死んだ人である。ひっくりげえしは裏を表に着ることだが、この場合は左まえの言葉をかさねただけの意味である。四ツ身は子供の着る仕立てかただが、山へ行くには凍え死にをするのだからあたたかい着物などでは、かえって罪である。子供の古い着物でひざまでの長さぐらいのひとえを着たほうがいいのである。ツボ足というのは甲州弁で素足という意味である。ツボ足だから仕度などという言葉でもないのだが、これも貧乏そうな、寒そうな感じを含めたつもりである。この歌は、死に装束で早く凍え死にする仕度で山へ出かけるという意味なのである。歌の意味を知ってもらってからまた同じ歌詞を唄った。唄い終わると、

「あはは……」

とみんな笑いだして、こんどは拍手ではないのだ。(変だナ)と見まわすと、前のほうにうずくまるように坐っている娘さんを眺めてみんなが笑っているのだ。

「なんで笑うですか?」

と私はきいた。

「そっくりだよ、そこにいるおソデやんと同じだよ」

と騒ぐように言っている。

「どこが似ているですか?」

とききながらさっきの娘さんを眺めた。よくみると娘ではなく六十歳ぐらいのお婆あさんである。顔も小さく、身体も小柄で着ている着物《もの》がふとん地のような柄なので娘のように思えたのだった。

「わからないなあ、どこが似ているのかなあ?」

とまた私が言うと、

「ねんじゅうツボ足だよ、雪が降っても足袋なんかはいたことねえ」

と誰かが言うと、向こうのほうで、

「足袋なんかまだはいたこたァねえだよ、足袋なんかねえのォさ」

と誰かが言った。おソデやんはみんなに見られても平気な顔で笑っている。

「足袋なんかなくたっていいさよォ、はけばへるものを」

と私に言うのだ。はけば切れるのは当たり前だが、はく必要などないと思っているのだ。

「おじさん、袖を見てごらん、着物なんか縫っちゃねえだよ」

と誰かが私に言っている。着物は着ているのだから縫ってないことはない筈である。

「まさか、つまらんことを言っチョシ」

と私も甲州弁で言うと、

「袖を見てごらん、袖を」

と言ってみんなが笑っている。みんなが口を揃えて私のほうに向かって言っているのを聞いていると、袖はただ切っただけの布で、ふちのところが縫ってないそうである。

「縫ったりなんかしないでいいさよォ、キレが少なくなっちもうし、ハジなんか縫わなんだって着れるでごいすよ」

とおソデやんは真剣な顔つきで私に教えてくれている。なんとなくユーモラスなお婆あさんだが、顔つきはふざけているようでもない。

「糸がもってえねえずら」

と誰かが言った。わーっとみんながまた笑った。

「死んで行くときだって、足袋なんかよォごいすよ、わしゃ」

とおソデさんは私に言っている。みんな、わいわい笑っていて、こんなふうに、いつもおソデさんは笑いものにされているらしい。話を変えようと私はギターを弾きはじめた。

〽かやの木ぎんやん　ひきずりおんな
アネさんかぶりで　鼠《ねずみ》ッ子抱いた

この歌は、大きいかやの木のある家のギンやんという婆あさんは七十歳をすぎても山へ行かなく、いつまでも生きていたので、だらしのない女だと言われたのだった。小説では下の句が、

せがれ孫から鼠ッ子抱いた

となっているが、せがれという言葉は唄うと変な汚ない意味にも思われてしまうので唄うときには、アネさんかぶり、のほうがいいのである。かやの木のギンやんはいくつになっても山へ棄てられないので、村の人に合わせる顔がなく、ボロをかぶって世間ていを恥じていたのだが、だらしのない女のひきずり女という言葉から淫乱な女と言うように言われてしまい、ボロをかぶって恥じていたのに、アネさんかぶりで色眼をつかったという歌になってしまったのだった。鼠ッ子というのは、私がそんな言葉を作って多産の味を出したのだが、孫の子つまりヒコのことである。

「ヤシャゴのことでごいしょう」

と誰かが言った。わあっと、みんな笑い出した。

「熊さんのうちと、同じだ同じだ」

と騒ぎだした。ヤシャゴというのは甲州弁で、マゴ、ヒコ、ヤシャゴと言って、ヒコの子のことである。私の歌の鼠ッ子は、ヒコのことだからヤシャゴではないのである。みんな、笑いながら騒いでいる様子では、ヤシャゴのある熊さんという家の人も、この中にきている様子である。

「ヤシャゴじゃないですよ、ヒコですよ」

と説明してまた同じ歌を唄った。こんどはパチパチと拍手があった。それに鼠ッ子という言葉が面白いらしいのだろう、拍手の中には笑い声もかなりまじっている。私はもう一曲やって終わることにした。

〽お山まいりに　振袖たもと
　染めにゃアなるまい　縄しごき

山の中だから振袖などあるわけがない。おそらく振袖というものなど見たことはないだろう。この歌は、話に聞く振袖のようなたもと、長いたもとでなくても、たもとの着物など着て山へ行くなら、しめて行く縄の帯も染めなければならないだろう。つつ袖で、四ツ身の一重でツボ足で山へ行くのにという、これは振袖という言葉から意地悪な言い方の歌なのである。

そう説明して、また同じのを唄って私のギターは終わった。

「これで、おわりです」

パチパチと拍手をしてくれてみんな帰って行ったが、なんとなくもの足りないような顔をしているのが、私にはよく分かったが、そうかといって、むずかしいクラシックなど弾く気にもなれない。なんとなく申しわけないような気持である。

「ごくろうさんでごいしたね」

とトモスケさんは言ってくれたが、

「きかせてもらいやしたよォ、ギターの音を、歌もうもうごいすねえ、浪花節《なにわぶし》をやってもうまいよ、あんな歌ばっかりじゃ勿体《もってえ》ねえもんだ」

とお世辞のような、もの足りないような口ぶりである。あとに残っているのは年配の人が四人、なかのひとりが、

「ごくろうさんでごいした、わしゃ、『楢山節考』を読みやしたよ」

そう言って私の前に坐り込んだのは四十年配の赤ら顔の、たくましそうなおじさんである。

「わしゃ若い頃から共産党に入《へえ》っていやァしてねえ、いまァ、やめていやァすが」

そう言うので、ちょっと私は緊張した。

（政治的な話でもするのかな？）と気がついたからだった。だが、

「あした、ご案内しゃァしょう、『榾山節考』の小説のところへ」

と言うのである。私の小説のイメージはこの村とは少し離れていて、境川村《さかいがわむら》の大黒坂《おおぐろざか》である。

このひとはこの辺だと感違いしているらしい。

「どこですか、この近くですか？」

と私はきいた。相手がそう思っているならそれでいいのである。また、案外同じようなイメージの場所があるのかもしれないのだ。

その晩泊まって、翌朝早くから共産党のおじさんと一緒に山へ出かけた。裏山というが四キロもあるだろう。山の裏側へ廻って、共産党のおじさんはどんどん山をのぼって行く。急坂で這《は》うようにのぼらなければならないが、相手は山の上り道に慣れているからどんどん進んで行く。

「木につかまっておいでになって」

そう言いながら先へ進んで行く。（とてもダメだ）と私は弱気になった。この辺で（やめよう）と思った。

「ねえ、ねえ、とてもダメですよ、あとどのくらい行くですか？」

と私は声をかけた。

「もうちょっとでごいすよ」

とさっきから言っているが、こんな言いかたでは見当がつかない。ちょっと、うしろを振り返って私は目がくらみそうになった。下は谷底のようになっているのだ。いつのまにこんなところへきたのだろう。上へ、上へと上がってきたが少しずつ横に這ってきたらしい。(こんなところへ)と私はこのまま手を放して落ちてしまうより方法はないような気になった。これでは帰ろうとしても怖《こわ》くて帰れなくなってしまった。

「ああ、だめだ、目がまわってしまうよ」

と私は恨めしくなってきた。

「だめでごいすか、それじゃア帰りやすか」

そう言ってくれたが、私は引き返す勇気もない。

「バカをみたなァ、こんなところへ」

と思わず私が言うと、

「あはは……」

と共産党のおじさんは笑っているのだ。

「こんなところは毎日きているでごいすよ、モシキを取りに」

と言っている。あっさりと、そう言われると私も落ちついてきた。私は木にしがみつくようにして横這いに少しずつうごいてゆくのだが、共産党のおじさんはひょいひょいおりてゆく。

私を待っていてくれながらおりてゆくのだが、鼻歌を唄っている。そのふしは木曽節だが、歌詞はとんでもない下劣さである。

〽ゆんべなァ　ナカノリサン
ゆんべ　べべヨして　ナンチャラホイ
今朝マラ見れば　ヨイヨイヨイ
ヨイヨイヨイの　土手カボチャ

口の中でブツブツ言うような唄いかただが、叱言《こごと》を言っているようでもある。そうしてその歌は、何回くりかえしても同じ歌詞なのである。歌の意味は、ゆうべ、おかみさんと夫婦の交わりをして、朝になって自分の男根を眺めたなら、というのだが、同じことをくりかえしているのだから、これだけでは意味がない。妙なことに私は生命《いのち》がけで急坂をおりながら、この歌詞のつづきを知りたくなった。

やっと、崖《がけ》のような急坂をおりて、平たい山道に出た。共産党のおじさんのうしろから、

「さっきの歌は、えらい歌だね、つづきの歌を唄ってごらん」

と私が言うと、

「つづきなんか知らねえよ。つづきなんかねえよ」

と言うのである。なんという無責任な歌だろう。ただ、下劣な言葉を並べただけなのだ。

「下品だなァ、あの歌は」

と私が言うと、

「へーえ、ゆうべの小説の歌だって、イイカラゲンの歌ばっかりじゃねえけ」

と言われてしまった。イイカラゲンという意味は、口から出まかせな、たわいもないという意味である。

あとで気がついたのだが、あの生命がけの崖をおりるとき、目のくらむような怖ろしさを忘れたのは、案外、こんなイイカラゲンな歌のおかげだったかも知れない。山の中の素朴な人達の唄う歌は、万葉集や古今集のような立派な歌では役に立たないのだ。ここでは滑稽なほど強いお婆あさんの信念や、吝嗇《けち》や、卑猥《ひわい》な言葉などからしか、慰めは得られないのである。

鯛《たい》の妙味

鯛は「目出度《めでた》い」のタイと同じ発音だから祝いの時の料理に使われることになっている。ただ、発音が同じだけで文法上の名詞だとか、形容詞だとかの違いばかりではなく全然、別個の物だから鯛と目出度いとは何の関係もないのである。

丸木さんは鯛を祝いに使うことなどは風習やエンギを担ぐことなので無関心だが、その日の結納をとりかわすのに鯛の料理を使うことにした。

その目出度い結納をとりかわすのは丸木さんの家に長い間お手伝いさんをしていたエミちゃんの結婚が定まったのだった。自分のことならかまわないが他人のことなので風習どおりにしたのだった。お手伝いさんだが実家は九州なので丸木さんの家がエミちゃんの実家のようになってしまったのだった。

相手は腕のいい職人さんで収入も多いし、まじめで三十二歳まで独身でいた辛抱人である。職人さんだから酒はのむが、まだ酔っぱらって他の人の世話になったことなどはないそうであ

る。エミちゃんも三十歳になったが美人でもなく、背も低く適当な相手がなかったので、

「とても、いい相手だよ」

と丸木さんも話をすすめて結納を持ってくることになった。

結納を持ってくるのはその職人さんを世話をしてくれた奥さんで、丸木さんとも知り合いである。結婚式の仲人《なこうど》もその奥さんの夫婦がしてくれることになった。

「ほんとに簡単に」

という両方の意見だったが結納がくるので丸木さんは食事を出すことにして鯛を使うことにしたのだった。

鯛は魚屋で丸木さんの妹が買ってきた。

「小さいのしかなかったけど、五匹買ってきましたよ」

と妹さんは言った。二十センチぐらいあるだろうか、

「本鯛《ほんだい》で、瀬戸内海の鯛だそうですよ」

と妹さんは言って料理の支度をしていた。

仲人の奥さんが結納を持ってきた。結納金と紙に印刷してある形式どおりの「コブ」とか「スルメ」とか「友白髪《ともしらが》」とか縁起のいい字が刷ってある紙である。

さて、仲人の奥さんと丸木さんは炬燵《こたつ》に当たりながら食事をすることになった。

鯛は魚屋ではらわたとか鱗《うろこ》を取り除いて塩がぬりつけてあるのだった。それを焼いてたべるのだが、炬燵の上に出された鯛を見て丸木さんは目をみはった。

塩焼きになった皿の上の鯛の顔は嬉しそうに笑っている表情なのである、ひょっと、仲人の奥さんの前の皿を見ると、その鯛も嬉しそうに笑い顔をしているのである。

（そうか）

と丸木さんは思った。鯛という魚は目出度い時に使われるのは鯛自身もそれを知っていて自分で喜んでいるのかもしれない。それにしてもこの不思議な魚は、自分の運命を知っているのにちがいないと丸木さんは思ったのだった。

当時、丸木さんは小説を書いていて、自分の書いた小説がモデル問題で告訴されていたのだった。そのモデル問題は他人のプライバシーにふれているのだった。小説を書くには丸木さんとしてはさけられないことで、相手の人もそれを怒るのはさけられないことなのだった。どちらも譲ることが出来ないことで、

（そうだ、あの問題はどちらもさけられない宿命なのだ）

と丸木さんは塩焼きの鯛の笑顔をみて気がついたのだった。

さて、結納を持ってきた奥さんは食事が終わって帰ることになった。五匹の鯛は二匹たべたのでまだ三匹残っていた。

「これをお持ちになって下さい」

と丸木さんの妹さんは寿司《すし》の折の上に塩焼きの鯛をビニールの袋に入れてのせている。

「こちらはお婿さんにあげて下さい」

と、もう一つの寿司折の上に鯛を一匹のせている。どちらもビニールの袋に入れているので鯛の顔つきも眺められるのである。

丸木さんは両方の寿司折の上の鯛を眺めると、この鯛のどちらも笑顔を見せているのだった。

(鯛という魚は不思議な魚だ)

と丸木さんは思いながら眺めていた。

夜になって丸木さんの弟の定三さんが帰ってきた。丸木さんは早速、鯛の笑顔の話をすると、

「それは錯覚だよ、そんなふうに見えたんだよ、あの目白《めじろ》の啼《な》き声と同じだよ」

と言って信じないのだった。目白の啼き声というのは丸木さんや定三さんが電気カミソリで髭《ひげ》をそると籠の中の目白が啼きだすことである。電気カミソリで髭をそると製材所で木をひく音に似ているので、

「この目白は山に住んでいた時に製材所のそばに彼女がいたのだよ、それで製材所の音をきくと彼女を思いだすのだ」

と丸木さんは言った。鳥は雄が啼くので雌を呼ぶのである。

「ちがう、ちがう」

と弟の定三さんは言うのだった。電気カミソリから発する超短波のようなものが目白の脳細胞を刺激するらしいというのが定三さんの説明である。

「どちらがほんとか」

と丸木さんは言った。

「実験しようではないか」

と弟さんは言った。実験はラジオの短波放送の雑音をかけることにした。目白が啼けば弟さんの説明どおりになるのである。

ラジオの短波の雑音でも目白は啼きだした。啼き声は雑音と争うように激しく啼くのである。

「どうだ」

と弟さんは言った、だが、丸木さんは全然、私の思っているとおりなのである。短波の雑音の音は製材所の木がさける音と同じなのである。

「これも、この音も、製材所の音とそっくりだ」

と丸木さんは言った。そう確信しているからだった。目白のことはどちらも自分の思っていることになってしまって、鯛の笑い顔も丸木さんと弟さんはどちらもちがうことにきめてしまってそれですんだ。

その夜、おそく、十二時すぎだろう丸木さんの電話が鳴った。丸木さんが受話器をとると、相手はどこか騒がしいところからかけているらしい。レコードの音も聞こえている。

「もしもし、丸木さんかね」

と言う声である。

「どなたですか?」

と丸木さんがきいた。

「へーん、どなたかわかるだろう」

という返事は失礼な言いかたである。

「だれですか、ずいぶん変な言いかただよ」

と丸木さんもうるさいので言いかたが荒くなった。そうすると相手は、

「変な言いかたはないだろう、今日はどうもありがとう」

と相手は言うのである。相手は酔っているらしい。今日はどうもありがとうと言うのは思い当たることがないのである。

「なんでしたっけ?」

「そんなことを言うなよ、持ってったろう、エミちゃんの」

と言うので丸木さんはハッと思った。相手はエミちゃんの婚約者である。それにしては随分

失礼な言いかたである。

「ああ、今日はどうも、おめでとう」

「エッヘッへ、おめでとうだよ、おめでとうだよ、それだけれどちょっとキミに聞いてもらいたいことがあるんだよ、オレは酒はのんでも酔わないから安心してくれよ、キミはのまないそうだなァ」

という妙な電話に丸木さんは不愉快になった。酔わないと言っているが言葉使いの様子で相手は酔っている筈である。

夜なかの不愉快な電話を丸木さんは我慢して聞いていたが、その翌日、丸木さんは心配になった。仲人の奥さんに電話をかけると、

「あら、おたくのほうへも」

と奥さんは驚いていた。ゆうべは仲人の奥さんのほうへも夜おそく何回も電話をかけたそうである。やはり、なんとなく不愉快になるような、しつこいお礼の言いかただったそうである。丸木さんは不安になって相手をよく調べることにした。

結果は、その縁談は解消することになった。

結納まで持ってきたが相手は酒癖が悪く、「酔えばカラんでくるくせで」「傷害事件も起こしたことがあるそうだ」と言うことが分かったからだった。

仲人の奥さんもそこまで知らなかったそうである。夜中の不愉快な電話で仲人のほうがやめたくなったほどだそうである。

後の仕末で、結納金と印刷の紙を奥さんが受取りにきた。相手の家に返しに行ってくれるのである。結納をとりにきた時に丸木さんは思い出すことがあったので、丸木さんは仲人の奥さんとお茶をのみながらきいてみた。

「あの日、相手の家へ鯛と寿司を持って行ってくれましたか?」

「あのとき、ここから帰りに行きました」

と奥さんは言って、

「あの鯛はいい鯛でしたねえ、美味《おい》しい鯛でした、あんなにしてくれたのに」

と言っている。

「相手の家に持って行って、婿さんはいつたべたでしょう、あの鯛を」

と丸木さんはきいた。

「すぐたべましたよ、私の見ているまえで、すぐひろげて、鯛で酒をのみはじめましたよ、それからハシゴで夜中まで、それからあの電話ですよ」

と奥さんは教えてくれた。

(そうか)

と丸木さんはよく分かったのだった。あの鯛は笑顔ではなく（セセラ笑いだったのだ）と気がついた。

（この結婚には相手に嘘があるのだ、この結婚は解消になるのだ）と鯛は知っていたのだった。動物にも本能があるように魚にも本能的に知っていることもあるのだ。それともあの鯛をたべて、相手の腹の中に入って、相手の嘘を吐き出させたのかも知れない。たべた時間と電話の時間ではそれも一致するのである。それを知っていて鯛は笑っていたのだ。

（そうか）

と丸木さんはうなずいた。

子供を二人も持つ奴は悪い奴だと思う

こないだ、タクシーの乗車拒否の取締まりをやったそうである。私はこれに反対だった。乗車拒否というのは運転手がお客に「乗せるのは厭《いや》だ」ということで、自分の行きたくない方向とか、乗せたくない人を断わることが出来ないというのは乱暴な法則だと私は思っている。乗るほうでは、あんな車は厭だとか、あんな運転手に乗るのは厭だと断わることが出来るのだからなんと一方的なことだろう。こんな規則はなぜ作られたのだろうか。

私などはその反対で、こないだ、ダリ展を見に行った。友人と一緒で、帰るときにバス停へ行ってバスを待とうとすると、

「乗っちめえ」

と友人は私に言うのである。タクシーに乗ろうと言うことである。私がタクシーを嫌いなことをその友人はよく知っていて、乗りたくないが乗ってしまおうということになったのだった。

私にはタクシーに乗ることはかなり決断力がいることだった。おそらく、いま、いちばん厭

なことは？ ときかれたら「タクシーに乗ることです」と私は答えるだろう。

タクシーに乗ることは不愉快なことで、乗ってしまえば運転手まかせで、もし、自分の進みたい道、「こっちの道を通ってくれ」などと言えば大変である。運転手は怒ったような妙な運転をしたり、喧嘩《けんか》のような口ぶりになるのである。仕方がないからこちらは黙っていて監獄へでも入れられたつもりになって乗っているか、降りてしまうより方法はないのである。

それほど嫌いなタクシーに私は今年は七月までに四回、八月と九月で六回も乗ってしまったのだった。荷物のあるときとか、田舎から出てきた人と一緒の時は、タクシーに乗ることが善いことだと思い込んでいるので乗ってしまうのである。つまり九ヵ月に十回乗ってしまったこと、これは、悪い行為をしてしまったことだと私は思っている。自分の嫌いなことをするのは悪いことなのである。

乗車拒否ということは私が自分に対して忠実なことなのである。もし、私が乗る場合、運転手が乗車拒否をしたなら私には善い行為なのである。その場合私と一緒に乗ろうという田舎の人も気持よくあきらめてそれですんでしまうのである。

どうしてこんなことになったのだろうか。乗る者にくらべてタクシーの数が少ないからである。タクシー会社は外の者にはタクシーを自由にさせない権利があることが原因だと私は思っている。僅かに個人タクシーもあるが、それも許可という権利のようなものがあるのである。

自家用車の魅力もタクシーに乗ることは高い料金につくことと、乗れば不愉快だということが原因している筈である。

タクシーの不公平という小さな結果が自家用車発展になって交通マヒとか交通事故という大きなことになるのも妙な因果関係である。それにしても、こういう小さな原因が大きく響くのも人の数が多いからだと思う。

日本は徳川時代の中期頃、人口に対する土地の限界はきまっていて、二千五百万人ぐらいしか住めないというようなことを記憶している。だが、いまは一億だそうである。多かったら少なくして、少ないものはふやすというのが常識である。豆などを煮るとき多すぎればこぼれてしまうからいいが、人間は多すぎてもこぼれ落ちないかわりに、狭い所で交通マヒや住宅難でひしめきあっているのである。

一億の人口なら二個の植木鉢に十本植えることと同じである。水も足りないし空気が悪くなるのは当たり前で、人間は豆や金魚とちがうと思っている人があるなら滑稽である。豆や金魚とちがうのは理屈やデモ行進をしているところだけがちがうだけである。

もし、政治などに文句を言う人があったら、まず、その人は自分の家族を勘定しなければならないだろう。一つの家族は男と女の二人が一組で、「子供は二人ぐらいでいい」などと言っていたらとんでもないことである。それでは一億の人間はいつになっても一億である。

ほんとに簡単な計算だが、一組の男女で子供を一人しか産まなければ一億の人間は一代で五千万人になるのは確実である。もう一代、一人ずつしか産まなければ人口は二千五百万人になって、もう一代たてば一千二百五十万人になるのである。三代たてばいまの東京都の人間だけで日本国中に住んでいいことになるのである。

つまり、一人しか子供を産まなければ三代たてば土地が高いとか、部屋代が上がるとか、水が足りないとか、スモッグだとか、交通マヒなんてことは伝説になってしまうのである。こんな簡単な計算になるのだから人間がふえることは悪い状態なのである。

ところが、妙な人間がいて、

「人間の数はふえたほうがいいだろうか、へったほうがいいだろうか」

ときけば、「へったほうがいい」と答える人もあるが、「少なくなっては困る」と答える人もあるのである。そう答える人間は「悪い奴だ」と私はきめている。つまり人間がへると困るという考えの人は、人間を利用しなければ生きていることは出来ない者のことなのである。

昔から「人口をふやせ」という政治を行なった者は悪い奴なのである。勢力というものはその下にいる人の数で大体きまっていて、それだから人間の数をふやそうとするのである。昔、都市が繁栄することはいいことと思われたそうである。とんでもないことだ。一見、繁栄しているように見えるが人間が集まることは太古時代に原始人が、野獣や爬虫類《はちゆうるい》や他種族の襲撃を防ぐ時代にはよいことかもしれないが、それ以外には必要のないことなのである。都市が繁栄すれば誰が利益を得るのだろうか、個人は上層階級とか中流階級とか下層階級になって誰かが損をしているのである。それは得をする者もいるのである。その証拠をおめにかけよう。

こないだ田舎の知人の家へ行った。その家では豚の子が八匹も産まれていて喜んでいた。私も豚小屋へ覗《のぞ》きに行くと八匹の可愛い子豚がウヨウヨしているのだった。「可愛いものだな」と私もなんとなく嬉しくなった。その知人は豚の子が八匹もふえて、これは売れるのである。私はなんの利益もないが損もしない。ただ見ていると可愛いからいい気持である。

この八匹は大きい豚が八匹いても私はいい気持でもないのである。人間も同じで、この知人が豚の子を喜んでいるように人口がふえると喜んでいる人もあるのだ。人が多ければ稼《かせ》ぐからそれを喜んでいるのである。昔も今も、人間がへっては困るということは稼ぐ人間が足りないということである。

ずーっと昔、私がまだ中学の四年生の頃だと覚えているが、

「今夜、県会議事堂でエロ映画をやるそうだ」ということを耳にした。県会議事堂でエロ映画を上映するというのは変なことだと思ったし、どんな映画だろうという好奇心にかられたのだった。

たしか、雨の降る晩で、番傘をさしてバスに乗って、ひとりで県会議事堂の講堂へ入って行った。私の郷里は山梨で、甲府にある県会議事堂だが、現在とはちがって県庁の隣りで駅寄りの側にあった頃である。

さて、エロ映画を上映するというのに講堂の中に入場人員は三分の一ぐらいしか入っていないのである。入場は無料なのだからさぞかし満員だろうと思っていたのに半数も入ってはいないので（変だナ）とは思ったが好奇心で一杯だった。

開演になると、「開会の辞」というのをやりだしたので、まず期待はずれしてしまったのを覚えている。開会の辞などがある時はしかつめらしいことをやる時ばかりである。次に出てきたのは外国人で、女である。（何を言うのだろう）と聞いていると「産児制限」の話である。エロ映画を見にきたのに産児制限の演説も変だし、演説などは聞きたくもないがエロ映画を（いまやるか、いまやるか）と終わりまで演説を聞いてしまったのだった。

それから映画になった。つまらない、期待はずれのエロ映画で、とうもろこしの受精の様子を写しただけである。「バカバカしい」と私は文句を言いながら帰ってきたことを覚えている。少年の頃のことだから聞きたくもない演説など聞いてもすぐ忘れてしまうのだが、どうしたことかその翌日になってもその女の外国人の名と産児制限は私の耳にこびりついてしまったのだった。

その女の外国人はサンガー夫人という名であった。この名を私が覚えてしまったのはどうしたことだろう。人の名などはすぐに忘れてしまうのだが、覚えてしまって忘れないのはよくよく私に印象が深かったのだろう。

かなり何年もたってから——十年ぐらいたってからだと思う。偶然、新聞でサンガー夫人という字を見つけたのだった。それはサンガー夫人の講演は政府に禁止されたという記事だったのである。戦争が始まった頃である。その記事を読んで私は身震いをした。講演が禁止されたということは産児制限を禁止したということと同じである。身震いをしたのは政府の方針の恐ろしさである。

サンガー夫人の産児制限の理由は覚えていない。覚えているのは産児制限とサンガー夫人という言葉だけで、サンガー夫人の演説で私が分かったことは性病の説明だけである。よく考えれば産児制限と性病とは全然ちがう問題である。それとも、サンガー夫人は性病と人口問題の二つについて説明していたのかもしれない。なんとなく、いつのまにか私は人間を産むことを制限することは善の行為で、多く産むことを悪い行為だと思うようになったのである。

人間がへりすぎて、五百人ぐらいになって困るようなことになったら、一組が二人ずつ産めばいいのである。多ければへらして、少なければ多くする。豆やコーヒーを煮るのと変わりない考えかたである。

私は日本人は全体で五百人ぐらいが丁度いいのではないかと思っている。

正宗白鳥が生きていた頃、私は彼とそのことで話をしたことを覚えている。

「東京の人口が多すぎますねえ」

「そうだなァ、自動車など随分混雑するなァ」

「人が多すぎますねえ、東京じゅうで五十人位だったらいいでしょうねえ」

と言うと白鳥は、

「五十人ということは」

と身体をよじらせて不満のようである。

「それでも、昔はそれくらいだったでしょう。太田道灌《どうかん》が江戸城を築く頃は」

「その頃でも五十人じゃァなかったろう」

「それでは、その前は、そのずっと前の太古時代は」

と私が言うと、

「そりゃァ、太古時代はそうだったかも知れん」

と白鳥は言うのである。私は五十人の頃のことを言っているのだった。

「その頃は平和だったでしょうね、土地は坪いくらぐらいだったでしょうね」

と、私達は笑い話のような恰好になってしまったことを覚えている。

ところが、その話を或るジャーナリストにした。私は東京都五十人説というのが理想である。「東京都が五十人じゃア困るでしょう、水道局だけでもその位いりますよ」と言うので私は呆《あき》れ返った。(こういう人間と話をしてもダメだ)と話はやめたが、五十人しか住んでいない土地に五十人の水道局員の必要はない。また、水道などもいらない。川の水は澄んで流れているし、木には果物がなるし、誰がたべてもかまわないし、井戸水をくんでもほかに忙しい仕事はないからたのしいことなのだ。そんなところに五十人の水道局員の必要があるだろうか。

この夏、水道の水が出なくなった。ジャーナリズムは騒いでくれた。その騒ぎかたは水源地をふやせ——これも水道局員をふやせということにも似ているのである。水をふやせと政治家に騒ぐのである。人が多すぎる、人をへらせとなぜ騒いでくれなかったのだろう。私は水の出ないことは人が多すぎるのだと思っている。私自身がかわいた金魚鉢の底でパクパク口をあけている幻影をえがいていて、眺めていて水が出ないということは困ったことでなかった。滑稽なことなのである。

こないだ旧友に逢った。会社の社長になって財産は何千万円もためたそうである。

「これで、やっと、一人前になった」

と言うので私はあわてた。

「子供は？」

ときくと、

「男が二人、女が二人で四人だ」

と言う。（こいつは悪い人間だ）と私はきめた。

「キミは、前科十五犯か、二十犯ぐらいの悪い奴だ」

と私が言うと相手はあわてた。

「いや、安心しろ、金はためたが非道なことは爪のアカほどもしていない」

というのである。彼は悪いことをしてゼニをためたと私が思っていると感ちがいしてしまったらしい。

「そんなことではない、夫婦の二人で三人も子供を持てば前科十三犯ぐらいの悪いことをしているので、いくらゼニをためても、四人も子供を持てば前科二十犯ぐらいの悪いことをしているのだ」

と私はよく説明したが相手は、「俺の子供は頭もいい、立派な学校へみんな入っている」などと言って、少しも後悔とか慙愧《ざんき》の念にかられていない。それに、東京都五十人説では困るというのである。「東京はペンペン草や森や林になってしまうから困る」と言いだしたので私はまた呆れ返ってしまった。東京都が森や林になっては困るということはない筈だ。いま、グァム島に戦争の時の日本兵が十九年残っていて、まだ出てこないので、みんながマイクでジャングルの中へ「帰ってこい」と騒いでいる。なんという思いやりのないことをするのか。十九年間もジャングルに住めばおそらくその生活に慣れてしまったのだろう。

たとえ、サルや蛇と同じような人間になってしまったとしても、それは、そんな生活に慣れてしまったので案外、平和な人間になっているような気がするのである。

呼びかけられて日本に帰ってきて、物は高いし、狭い四畳半に八千五百円の部屋代をとられて、ガス代がいくら、電気代がいくら、水道代がいくらという、ひしめきあっている東京に呼びもどされて、義理や葬式などに顔を出したり、原子力の船がどうだとか頭を使うところに引っぱり寄せられるのはいい迷惑ではないだろうか。

その二人の日本兵は、案外、呼びかけられているのを知っていても出てこないのではないだろうか。

非行も行いの一つだと思う

非行という言葉、僕はあまり好かないけれど、だいたい非行っていわれることをするのは、中学生や高校生が多いやね。大学生にはなくて……。

非行っていうのは道にあらずっていうような、人間のやることじゃないという意味に使うのね。でも僕は道にあらず……とは思わないね、まあ、そのくらいのことはやるだろうって思う。非行って言うけれど、それだって、おこないの一つにはいっているのじゃない。

非行って言葉が、なぜきらいかって言うと、もっと別の言い方があるんじゃないかと思うのだけど。ゆきすぎとか、突然変異とか、そんな言葉でいいのじゃないの。

昔も親が悪いとか、社会が悪いとか、いう言葉もあったけど、いまくらいそういうことを痛切に感じることはないね。今は親が悪いっていうよりも、世の中が悪いって感じるけどね。

あんまり世の中がはっきりしすぎちゃってね。それでくい違うわけよ。昔は世の中の悪さを、子供に見せないようにしていたよね、いまは社会の悪さをむき出しにしているね。修身なんて時間があったら教えようがなくて、困っちゃうんじゃないの。嘘を言っちゃいけないなんて言っても、じっさい世の中は嘘ばかりだもの。

たとえば、中学から高校へいくときだって、いま、妙なぐあいになっているのじゃない。よくできる子だって、あそこ落ちたらいけないってわけで、二つも三つも受けるのが普通でしょう。

受かったらすぐ銭もってこいって、何万ものお金をもっていかねばならない。入学金なんてものは、そこに入学するから払うものでしょう。それを、もしもう一つが受かれば、フイになると分かっていても、払っちゃう。馬鹿馬鹿しいけど払っちゃいましょうっ、てなことになって……。親も子もそんなこと知っているんですよ。

そんなことがあると、馬鹿馬鹿しいけど、学校にいきましょうって調子になるのね。

今の若い人は、高校にともかくいく。そして大学にいく。何故かっていうとそういう経過をふまなくてはまずいのね。希望がないっていうけど本当でしょう。大学の四年くらいになって、社会にでることをなにかこう、くらいところへいくように感じているのではないの。

いちばん矛盾しているのは、いい学校といわれているところを出た人ほど、すぐ会社をやめちゃうんだってね。いい学校出て、会社で厭《いや》なこと言われると、とても厭な気持になって、ええい、こんな会社やめちゃえってことになるんだね。

そういう人に、僕は同情する。

学校にいく人は、いかなくてはならない運命になっているんですよ。

僕は昔、不良って言われたからね。今はグレてるって言うね。昔とは少し違うんじゃない。

僕は、衝動的に悪いことをするというより、勝手なことをしていたのね。今のは突然のエネルギーで、かーっとなってやっちゃうでしょう。

昔はわがままだって不良だからね。女と歩いたって、煙草をのんだって不良だもんね。楽しい生活をしていれば不良って言われたからね。とにかくその点、今とは少し違うんじゃないの。

でもぼくは、いま一般に言う非行ってこと、さっきも言ったように、それぐらいのことやるだろうなって思うけど……狂気じみていて、エネルギッシュでしょう。僕はね、それは医学が進歩したからじゃないかと思うんだけど。そういう進歩の過渡期じゃないの。

昔は、わかいころに、できものができたり、肋膜《ろくまく》になったり、肺病になったりして、早く死んだね。今は、交通事故以外は、四、五歳から十二歳まで死ぬことないのじゃない。そんな例はほんとうにゼロなんだって。

だからね、声帯の声がわりするのと同じで、精神的な面と、肉体的な面とがくっついていかなくて、バランスがとれないのね。医学の進歩のおかげで、肉体的な面で健康すぎるんだ。
十二、三歳ごろ病気になると、エネルギーが奪われちゃって、大人しくなるのじゃないの。

あんまり病気しないからバランスがとれないのじゃないの。

非行は健康ってことにも原因がある。病気をした人間は口ではごちゃごちゃ言うけど、大体大人しいじゃない。だからぼくは、非行の出来ない人は、余計なエネルギーがないのじゃないかと思う。スポーツマンがちょっとやめたあと、何かやりたくてたまらなくなるでしょう。あれと同じで、今の若い人はエネルギーがあまっているのよ。話していても何かこう動かしてるね。静かにしていないもの。

非行をする人は、たいがい個人でやるね、個人でやるばあいは、エネルギーがあまったせいで、そんなにいけないこととは思わないね。それを責める方がよくないと思う。僕の知ってる非行少年なんか、一度ドカンってやると、もう馬鹿馬鹿しいからやらないっていうね。泥棒したりかっぱらいしたりだって一度や二度くらいはいいのじゃないの。それは衝動みたいなものでしょう。それを少年院なんていれるのはよくないよ。そんなことをすると、逆に中で技術をみがいて、わざと非行をやるっていうようになっちゃうもん。

ただ団体となって、商売で損得でやる、やくざや、愚連隊、あれはもうイケないね。青少年の非行とは全く違うと思う。やくざというグループがあって、それが堂々と新聞にものるし、警察でも、それを許しておくっていうのはおかしいのじゃない。

一番おかしいことがあるのに、そのおかしいことが退治できないってことがおかしい。それを許しておくのは政治家が悪いと思うね。

政治結社は届けなくてはいけないのでしょう。それに会なんてものは会員がお金を出しあって出来るものでしょう。それなのに親分が、会費もなく、全部をまかなっていけるだけの収入がある、てのがおかしい。どうみたって、やくざは、政治家と結びついていて、政治家が飼っているのだと、思わざるを得ないじゃない。

政治家が死ぬと、またおこわをふかさないのかって、今度は食わせてくれって、ずい分電話がかかってきたけどそう思ってる人ってずいぶん多いのじゃない。

いちいちおこわをふかしていたら、こちらがたまらないからふかさなかったけど。

非行もやれず、毎日ぐじぐじ生きてる人。それはいちばんいいのではないの。俺は人間って、そんなにたいしたものだとは思わないもの。人間なんて、どうせ、虫みたいなものだもの。ブツブツと不平を言いながら生きていくのが人間だと思うね。あんまりなんでも都合がよかったら、生きてることの意味がなくなるのじゃない、全部つまらないことになって。政治家なんてうんと悪政すればいい。それをにくらしいにくらしいと思っていくことが生きていくことじゃない。

ただ、俺のことをね、「あなたは、ずいぶん気楽そうでいいですねー」って人があるけど、俺みたいな生活をみて羨《うらや》ましがるなんて、この人どんなにつまらない人生を送ってる人なんだろう、どうしてもう少し自分の人生を考えないのかって思っちゃうね。

僕は思いのまま生きようってとくに意識してたんじゃなくて、要するに厭なことはやらないって主義だね。若いころだったら、学校へ行くのが厭だったね。マージャンやったり遊ぶことばっかりが好きだったしね。

今だと、幾日までに小説を間に合わせるっていうのは厭だねー。小説は好きだから、書いちゃいけないって言われても書くけどね。書きたくないって時だってあるし。締切りをいそがされるのは厭だけどね……。無理に書いたってことはないね。

俺は一人だもの、生活程度だって高くないし、枠《わく》をはめた生活なんてしなくてもいい。子供や奥さんのある人は、毎月毎月の収入がちゃんといるし、そういうわけにもいかないでしょう。

僕なんか部屋があれば、七千円で食っていかねばならない時には七千円でやっていくもの。そうしたら働くより、寝ころんでいた方がいいやってことになっちゃう。でも寝ころんでばかりいたら退屈しちゃうからね、それで小説でも書こうかってことになっちゃう。

こういう生きた方に対しては、若い時から、人にずいぶん言われたね。今はもう言いやしないよ。

結局、自分の思うままにやってきたし……僕の家は商人の家だから、若い時には奉公にも行ったけど――。今でも小説だけでは食っていけないから、弟の印刷屋の手伝いをやっていますよ。

それでも俺、生きていて幸福だなんて思ったことないね。生まれてきて損しちゃったと思うもの。生まれる前の方がうんとよかったもの。昔は偉い人なんていたけど、今はいないでしょう。偉いってことが変だもの。

人間ってものは生き物だからね。油虫みたいなもので——。油虫なんか、共産主義とか社会主義の仲間じゃ、一番いいと思う。あれは平和じゃないですか。食物はあるし、どんなことを考えているのか知らないけれど。人間だって、将来は、〝考える〟なんてことはなくなってくるんじゃないですか。無感覚になるんじゃないの。動物的にね。今は感覚の時代でね。感覚ってのは考える力とは別で、身体でいこうっていうことでしょう。だから性の問題もいまは、考えるのではなく、身体でいっちゃうわけだけどね。だからもう少し時代が進んでくると、無神経っていうか、だいたい脳みそなんていらないのじゃないの、俺はそう思う。人類が進歩すればね。

だから恋愛だって、神経衰弱みたいなの、昔のマノン・レスコーだとかヴェルテルみたいなのは、変に見えてくるのじゃない。

考えることとか、思想とか、そういったものがなくなってくることが人類の進歩だと思うね。

ぼくは、小説つくるのだって、理屈をならべる小説は嫌いだしね。主人公きめて、その主人公が好きだからね、その主人公のやりそうなことをやらせる。だから僕の文章なんて、考えなくてもわかるんじゃないの。

音楽でもそうだけど、サーフィンになったらほとんど内容ってものを持ってないでしょう。ベートーベンなんて、音楽の本道からそれたようなところで音楽をつくってるね。思想をいれたり、形式美を考えたり……。たとえば第五なんて聞いたら、もう二、三年聞きたくないよ。ところがロカビリーなんか、内容なんてないから本当にたのしめるね、こんどのサーフィンなんかもっとたのしいね。リズムだけで、なんにもないから半日くらい聞いてられる。ベートーベンなんて、悪魔だよね。音楽の邪道だよ。土人の音楽なんて、土人は考えないから音楽の本道を守れたのだと思うね。ベートーベンなんて、邪道を本ものだと思わせてるね。神経衰弱の音楽とでも名づけてればよかったのだけど。

音楽の世界は音だけの世界だから、音さえたのしめばいいのだよ。

だからいままで、いいことだと思われてきたことで、そうじゃないことがずいぶんあるんじゃないかな。道徳なんてことに、とくにね。だから、まずそういうものを破壊しようってのは、それだけでもえらいことだと思う。破壊だけでも創造の半分に近づいていると思う。建設しなくても、破壊だけでもいいことだと思う。

そういう人はあらゆるものを疑って、あれも悪いのでないか、これも悪いのではないかって思って壊してみる。壊してみなくては、いいのか悪いのか分からないのじゃないですか。

みんなは馬鹿だって言うけど、僕の理想の人はマリリン・モンローとか、ジェームス・ディーンね。バルドーなんかもいいけど。

マリリン・モンローは身体の美しさってものを、意識してそれをみんなに見せたってことはえらいことだと思うね。どんなピカソの絵だってあの腕のところにはかないはしないよ。そしてボサーッと死んだところがいいと思うね。モンローはちょっと馬鹿みたいだってね、無感覚らしいや。ディーンは、ボサーッと歩くところがいい。

だから小才がきいてて、キリキリしてるのなんておかしくてかなわないや。昔からさ、あいつは気がきいてるなんて言われてる奴は、おかしいやね。よーく考えてごらん。

昔から偉いナーっと言われてる奴に、ろくな奴はいない。悪いナーって思われる人に人間的な人がいますよ。

二宮金次郎が馬鹿だってことは、みんな知っていますよ。新井白石《あらいはくせき》だって、牢屋《ろうや》にへばりついたような一生送ってますよ。

平清盛なんてのは、自分のやりたいことやって、皇室の権威をうち破ったからね、あれはおもしろいや。

結婚は三回しましたよ。もう面倒くさくって。女っていうものは子供を欲しがるからね、俺は子供はつくらせないという主義だからね。

子供を産むなんて、本当に意気地のない人間がやることだと思いますよ。子供がなにか将来自分のためになるだろうっていうような、自分一人では生きてゆけないような、そんな気持で子供を育てるなんて、そして、親孝行しろなんて、なんて欲深い親だろうって思うよ。生活水準があがっているから親孝行なんてできやしないよ。人並みの生活をしてゆかねばならないのに、自分の稼いだお金を親にやるなんて、そんなこと出来やしないよ。

ぼくの家の近所のそばやのおばさんが「大きくなって、美空ひばりのようになって親孝行してちょうだいネ！」なんて歌って、子供をおぶっているよ。あきれちゃったね。

そりゃ子供ってのは、おもちゃとしては、おもしろいよ。あっちむいたり、こっちむいたりね。

親ってのは卑怯《ひきょう》だよ。子供を生んで、なんか自分の慰めにしようなんて。

俺は自分の子供ができると困るワ。よその子供でもいくらかお金出しても抱きたいと思うくらいかわいいよ。だから自分の子供なんて可愛くてたまらないのじゃないかしら。だからこそ、子供なんてつくらないよ。

いま、生きていくことが大変だから可哀そうだと思うもの、だいたい自分だけでも、生まれてきて馬鹿みたいだもの。生きていて、ちっともいいとは思わないもの。

犬の親子をみているとおもしろくってしょうがない。あれはいいナーと思っちゃう。子供が産まれると親は可愛くてしょうがない。うんこまで食っちゃいますよ。そんなに可愛がるけど三カ月くらいたつと、うるさがってね、こんどは、子供のえさまで食っちゃいますよ。ああいうふうに人間の親子もならなくては嘘だと思うね。ああいうふうにならなくては、子供なんて産むべきじゃないね。

俺はいつでも、善悪ってことは考えない。昔から自分の好きなことは善だし、厭なことは悪だな。

女といても、厭なことがあると、もう、ぜったい厭だね。女が肺病になって血を吐いたのを見て、寄りつかなくなっちゃったもの、薄情だとか、ひとでなしとか言われたけど後悔しないね。

ながいあいだ夫婦生活をしていて、恋愛なんかなくなっちゃってね。なんか友情みたいなものがわいて、イヤなことがあっても、ああ可哀そうだっていうのならそれはそれで話はわかりますよ。でも、そんなのは、真平だな。俺はもうイヤになると一分もいられないな。それを我慢していると、なにか汚ないものと一緒にいるみたいでイヤになっちゃう。結局、自分の好きなように生きていくしかないんじゃないかね……。

Ⅱ

私は人間は愛さないが
私の畑からとれた野菜は愛している

生態を変える記

私の子供の頃のことだが、従弟《いとこ》でSちゃんという眉目《びもく》秀麗の青年があった。我儘《わがまま》で、贅沢《ぜいたく》で、金遣いが荒く、女にもてるというので中学生の頃から親の頭痛の種になった。不良少年というわけである。そうして、結局、中学は四年で学校をやめてしまったそうである。退学させたらしい。

「本人の身のために」

ということになってデッチ奉公に行くことになった。

「うんと、苦労すれば」と言われて大阪の「鬼かめ」という店へ奉公することにきまった。私の家もSちゃんの家も商人だから、私の家の子供達や親戚《しんせき》の子供はみんなデッチ奉公に行く習慣だった。

さて、Sちゃんは両親——私の叔父と叔母に連れられて大阪へ行った。

Sちゃんの家は東京の麻布《あざぶ》の十番である。Sちゃんは因果を含められて東京から大阪へ行ったのだった。

Sちゃんは両親に送り届けられて「鬼かめ」という家に住み込んで、送りつけた叔父と叔母はその日とその翌日は大阪見物をして、「さて、東京へ帰ろう」と大阪駅へ行くと、駅の正面玄関に人だかりがしているのが目についた。

（何だろう？）

と叔父と叔母は人だかりの中を覗《のぞ》き込むと驚いた。Sちゃんが大の字になって寝転んでいるのである。

人だかりはそれを取り巻いているのだった。

「どうしたんだえ？」

と叔母はSちゃんを抱き起こしたそうである。

Sちゃんは一日半で「鬼かめ」がいやになり、結局、叔父と叔母はSちゃんを連れて東京へ帰ってきてしまったのだった。

そうして、その結果、Sちゃんは山梨の私の家で引き取ることになったのだった。よくよく東京には置けない理由があったらしい。

「石和《いさわ》で預かって貰う」

ということになって、Sちゃんは私の家にきたのだった。

たしか、冬のことで、印刷屋の私の家の店先の火鉢の横に、久留米絣《くるめがすり》の揃《そろ》いの着物をきて、

「棹《さお》さすお舟《ぶね》の舵《かじ》をたえ」

というベニスの舟唄を歌って、私はその歌を教わったことを覚えている。私は小学校へも上がらない頃だが、このベニスの舟唄は妙に新鮮な歌のような気がして、それを教えてくれるSちゃんは高貴な人に感じたことを覚えている。

贅沢で我儘なSちゃんに私の両親も一目置いていて、ご機嫌をとっていたようだった。だから私などもなんとなく偉い人のように思っていたのだった。

Sちゃんの母親の叔母さんは、

「目から鼻へ抜けるように頭はいい」

と自分の息子のSちゃんのことを話していた。

「鬼かめ」に奉公したが、「私達が東京へ帰る時間を見計らって、よく、その時間に駅の玄関に寝転んでいたものだ」と感心しているのだった。私の父母も「よく、その時間が判ったものだ」と舌を巻いていた。大阪の駅や宿屋を探すよりSちゃんは相手に自分を見つけさせたのだった。大阪のどこの旅館に泊っているのか、どこを見物しているのか、そんなことを探すより駅の玄関に寝転んで相手に見つけさせたのだ。

それに、「きっと、いまごろ大阪駅から汽車に乗るだろう」というそのタイミングをうまく

当てたことが、目から鼻へ抜けるほど頭がいいのだった。

Sちゃんはその後何回も奉公をして、奉公先をくらがえした。

私も中学を出るとデッチ奉公に出た。私も何回も奉公して、何回も奉公先をくらがえしたのだった。

不思議なことに、いとこや私の兄弟は奉公先を何回もくらがえする者と全然くらがえしない者があった。Sちゃんや私は「Sちゃんのようだ」とか「七郎さんのようだ」とかと、三日坊主の代名詞になったものだった。

さて、私は日本人から生まれたので日本人の国籍である。

いつごろからか私は、その国に住んでいることはその国に奉公するのと同じように思いはじめたのである。

デッチ奉公をした者にはよく判ることだが、その国に住んでいることは「こうしてはいけない、ゼニの稼《かせ》ぎは出せ、きめられたとおりのことをしろ」と主人に言われるのと同じだと思っている。ゼニを出せということは税金のことで、これも稼ぎのうわ前をはねられることなのだ。言うことをきけというのはデモで反対したことも従わなければならないことで、こうしてはいけないというのは官僚や政治家の都合のいいようにきめられることなのだ。

つまり、旦那が奉公人に勝手な我儘を言っているのと同じではないか。だから、その国に住んでいることはその国に奉公しているデッチと同じだ、と私は思っている。

奉公人はその家が厭《いや》になれば奉公先をかえる。つまり、くらがえということをするのだ。ほんとに簡単なこの法則をなぜみんな実行しようとしないのだろうか。

私はくらがえしたくてたまらない。どこか、外国へ行ってそこへ国籍を移してしまいたいと思っている。それは私の行きたい国へ行くのは当たり前で、果物の好きな私は南の島のようなところへ行きたいと思っている。もし、そこが厭になったらまたどこかへくらがえすればいいのである。

偶然な出発から私は小説を書くことをやりはじめて、その惰性で、まだ書くものが残っているような気がするから腰をあげないが、もし、くらがえ出来るときになったら私はどんなに嬉しいだろう。

妻子のある者はそうそう国籍の渡り鳥になるのは億劫《おっくう》かもしれないが、若い者はぜひ実行してもらいたいものだ。

柿の木や柳の木のように、根が生えると植え替え難いが、青年期ならたやすいことではないか。サボテンなどのように植え替えたほうがいいものもある筈だ。

くらがえして、よくないようだったらまたよそへくらがえすればいいではないか。くらがえすることはたのしいことだと私は思っている。

いつだったか、札幌で、道で偶然に知人と逢った。

名を覚えていないが顔見知りのあるバンドマンで、薄野《すすきの》のキャバレーのバンドでクラリネットを吹いていて、

「遊びにこいよ」

と言われて一緒に行った。

さて、次の年の夏、一年ぶりで私はまた札幌に住んだ。夜、薄野をぶらついているうちに彼のキャバレーの前を通って彼のことを思いだした。

もう、どこかのバンドに変わってしまったか、彼自身がそのバンドにはいないだろうと思ったが、ここのバンドで聞けば消息がわかるかもしれない、彼は、いまはどんなところで、どんな曲を吹いてるだろうと私はそのキャバレーの楽屋へ行った。

「ターちゃんは、いま、どこに行ってますか?」

ときいた途端、バンドマンのたまりのむこうで、

「オオ」

と言う声がして彼が立ち上がったので私はガタッ、と腰がくじけたようにびっくりした。

もう、ここにはいないだろうと思っていた人が現われたので驚いたのだ。

(はてな、こんなに、ここにいるのはなぜだろう)

と私は不思議に思った。彼は妻と子と四人で母親も一緒にきているそうだ。

「子供は学校に行ってるし、楽器はここへ置きっぱなしだから通勤《かよ》っているようだよ」

と言うのだった。クラリネットをあきたのでやめてサックスを吹いているそうである。

「バカだな、おなじところにばかりいるなんて」

と私は彼に言った。

くらがえすることは、自分は変わらないが周囲が変わることで、ワイシャツや寝まきを着替えるのと同じなのだと思う。

＊

東京から埼玉の農地に移転してきて六ヵ月たった。都会から田舎に私の住所が変わったのだ。この移動は周囲が変わったばかりでなく生活状態も一変したのだった。

都会の生活状態は、作家と言っても毎日毎日小説を書いていたのでもなく、また、ギタリストだと言ってもそれで生活していたのでもなかった。そんなまとまりもない生活だったが、それでもその日をたのしんで暮らしていた。それが、こんどは農業に変わってしまったのだった。

なぜ私は自分の生活を変えたのだろう。

妙なことに他の人達からそのことを質問されると、私の答えはその時その時で違ってしまったのだった。

「百姓仕事が好きだから」とか「高血圧で身体《からだ》の調子が悪いから空気の良い場所に住みたくなった」とか「交際が広くなったのに反対に私は交際嫌いになったのでなるべく人間臭くないところへきたくなった」とか、と答えるのだが、そのどの答えも真実だった。そうして、そのどの答えもそれがすべてのように思えるのだ。

だが、よく考えれば私自身がそれでは納得出来ないような物たりなさを感じていた。つまり自分でもまだわからない理由があるようだ。そうしてそれが、この半年たってようやくそれは先天性のものだと気がついたのだった。

つまり、私は商人の家に生まれたが本当は農業に適していたのだった。だから、いろいろな職業をやったものだが、どれも私の職業ではなかったのではないか。どの職業をやっても長続きしなかったのはそのためだったのだろう。いまになって、こんなことに気づいたことさえ不思議だが。

農業をしたかったのは若い頃からの夢だった。夢は空想のもので、実現すれば案外つまらないものなのだ。なんとなくそんな予感もしていたので私は夢を実現しようとしなかったのかもしれない。いや、夢は実現しないから夢なのかもしれない。

思いきって、こんどその夢を実現したが、これも真実は自分にもよくわからない。ただ、なんとなく東京から離れて生活したくなったということだけは確かに私は知っている。

そう思えば、いままで旅が好きだった。旅と言っても旅行ではなく旅先に住みついてしまったような旅だったから、これも東京から離れたかったのかもしれない。

とにかく旅が好きだった私は、この頃、旅が嫌いになってしまったのだった。なぜ旅が嫌いになったのだろう。とにかく旅行がつまらなくなったばかりではないだろう。汽車に乗る。切符は思いどおりのものがすぐ買えない。それで、待たされて買わなければならないのだ。それから旅館。旅館はどこへ行っても同じようなもので、東京も、青森も九州もどこでも同じなのである。それから旅先の土地の人々。これも、どこへ行っても同じ人間だ。旅が嫌いになったのは旅に行くところが私にはなくなったのだった。

埼玉のたんぼの中の畑の農地が手に入ったのは去年の六月頃だった。田んぼは田植えも終わって秋茄子《あきなす》のたねが芽をだした頃だった。

「この　いま作っているのが終われば越してきてよいのです」

という契約だった。つまり、現在作ってある作物はその人のもので、その収穫が終われば私が耕していいのである。

秋になった。「九月の終わる頃です」と言われたので、十月の初めに様子を見にきたが、畑には茄子や白菜やネギがのびのびと並んでいてまだ収穫期でもなさそうだ。（十月の終わり頃だろう）と私はその頃越してくることにきめた。

越してきたのは十一月八日。畑にはまだネギや白菜や茄子が並んでいたが、まん中のところは枝豆の収穫が終わったらしく空《あ》いていた。

「ここへ、荷物をおろしていいのですか?」

と引越し荷物を運んできた運送屋さんが言った。荷物と言ってもふとんと茶碗のような日用品だけである。

そこの草むらの中には、東京からきたプレハブ住宅を作ってくれる人が二人で、これも畑の中にブロックを並べている。今日中に三坪のプレハブ住宅を作ってくれることになっていた。

もう昼すぎになっているが、まだ土台のブロックを並べただけである。

運送屋さんは草むらの中にふとんや茶碗をおろして、

「これで、帰っていいのですか、このまま?」

と言われて私も心細くなった。草むらの中にふとんをおろしたが、夕方までにプレハブが建つかどうかわからない。それに空模様があやしくなって雨が降りそうになってきた。

(キャンプみたいだな)と私はきめた。

「そう、帰ってもいいですよ、ごくろうさま」

そう言って運送屋さんに帰ってもらった。

「今日越してくるとは思わなかったよ」

とプレハブ屋さんも雨が気になっているようである。

夜、八時頃六畳間だけのプレハブの一軒家が出来上がった。屋根はビニールの波板を打ちつけてあしたまで間に合わせてくれた。あした、もう一棟同じ家を建てることになっていた。一軒分で十二万八千円だから二軒で二十五万円である。ここへは私だけで住むことになった。

三坪のプレハブの畑の一軒家で、水もないし、電気もない、家と言っても建っているのではなく、引越してきてからその日に建てるのである。引越しの前夜、手伝いのミスター・ヒグマが一週間だけ一緒についてきてくれることになったのだった。ミスター・ヒグマは私のつけた呼び名である。北海道の羆《ひぐま》のようながっちりした体格の若者である。

その晩、プレハブはなんとか間に合って二人の建築屋さんが帰ってゆくとすぐ雨が降りだした。私とミスターはあわててふとんや荷物をプレハブの中へ持ち込んだ。それから、とにかく足をのばしてふとんの中へはいることになったが、雨はドシャ降りになった。ビニールの波型の屋根に当たるドシャ降りの雨の音は物凄《ものすご》い。頭の上で太鼓を荒く叩いているようである。それに屋根にたまった水はときどきザーッと地上に落ちる。ビニールの波型の屋根はトタンの屋根とちがって弾力があるから水を溜《た》めてしまうのである。ときどき、水が溜まりすぎると地上にこぼれるのだから、その音はバケツの水をこぼすのと同じである。

ミスターは疲れているらしくすぐ眠ってしまったが、私は雨の音と屋根からこぼれる音で眠れなどしない。眠れないけど私はなんとなくほっとしていた。太鼓のような雨の音とバケツをこぼすような雨水の中にいるのだが、なんとなく気がらくになったのはどうしたことだろう。

このプレハブでの最初の晩、私の頭に浮かんだことは、東京の朝の主婦達がゴミ入れのポリバケツを抱えてゴミ屋のところへ運ぶ風景だった。

いつごろから東京の主婦達はあんなことをしなければならなくなったのだろう。毎朝毎朝、九時ごろになると大きいゴミのバケツを抱えて道路に集まる。それからまたそれをとりに行くのだ。私はそれを見た時から、「これは、東京は、住む所じゃない」と思っていた。プレハブの中で私は（俺はもう自分のゴミは、ここの土の中へ、自分で掘って埋めることが出来るのだ）と思った。なんとなくほっとしたのはまずこの安心感からだろう。

とにかく私は都会から逃げだすことに成功したのだ。ほっとしたことはこんなことばかりではなくもっと沢山あった。

プレハブに電燈がついたのはすぐだった。それまで登山用の懐中電気だったが、仮設電気が案外早くついたのは思いがけないことだった。水は二百五十メートルばかり北の家へ貰い水に行くのだった。ミスターが五・五リットル入りの大きい薬罐《やかん》をぶら下げて行くのだが飲料水だけで、茶碗や洗濯はそこまで持って行って洗ってくるのだった。キャンプのような日がつづいて、水道がひけたのはその月の二十日すぎだった。これで水と電気は解決したのだった。

そんな二、三週間ばかりのあいだに私とミスターは地を掘りかえして、予定の仕事――荷物の中の果樹の苗木や種まきの仕事で日を過ごしたのだった。

あとになって知ったことは、この時まいた種はエンドウ豆を除いた外《ほか》は全部無駄な努力だったのだった。

芽は十二月の初めごろから出はじめたがすぐ霜でやられてしまった。

私達は、

「やっぱりだめだった」

と笑いあった。

おそくても十月のはじめにきたなら種まきも出来たそうだ。が、私は種をまくときからそれを承知していた。ただ地を耕して種をまいて、そんなことを一刻も早くしてみたかったのだった。

ミスターは、はじめ一週間ばかりの手伝いだったが、きて三日目、朝早く畑の中に立ってぽーっとして言った。

「いいところだなァここは、ずーっと、ここにいてもいいかなァ」

とひとりごとのように言うのである。私は黙っていた。もっといてくれれば有難いのだが、いつまでいるのか帰るのかは彼の気のむくままでいいのである。

あとで、

「センセイひとりおいて帰ることなんて出来ないよ」

と他の人に言っているのを聞いた。が私はそうは思わない。ひとりになるつもりできたのだが、手伝ってくれる者がいればそれも有難いことなのだ。そうして、これはどちらでもいいのであった。私は彼の気のむくままにすることにきめていた。


この土地は桃と梨《なし》といちごが産物である。だから私は桃と梨の苗木を用意してきたのだが、私の作りたいのは梅の木なのでそれも持ってきた。いちごも作りたいので、

「どこか、いちごの苗はないでしょうか？」

と畑を通る人に言うと、二、三日たってから、

「時期がおくれているのであまりよいのではないですが」

農家の奥さんが持ってきてくれた。三百メートルも離れているがすぐ隣家なのだ。


プレハブは六畳を二つ建ててそのあいだを物置小屋にした。こういう仕事はミスターがかけずり廻って、私はほとんど朝から晩まで畑仕事をしていた。

十二月になったが、太陽は日の出から夕日の沈むまで輝いている。私の顔は「黒くなった、黒くなりましたねえ」と他の人達に言われるが、鏡を持ってこなかったので自分の顔がどんな

に黒くなっているのか知らない。ただ自分の手が、黒い皺《しわ》の岩のような手になったのと、着ているブルーのセーターが陽に焼けて褐色のように変色しているので私の生活はかなり変わったのだろう。

ギターは持ってきてときどき弾くが、ほとんど二、三分しか弾かない。指が堅くなって、繊細に動かなくなったからだろうか。

そんなことばかりではなく私は疲れているのだ。その疲れはなんとなくさわやかで、ギターを弾くより聞くほうが気持もよいのだった。

電気が通じたのでテレビも見ることが出来るし電気冷蔵庫も使えるようになった。

十二月の或る晩、私はテレビを見ながら不思議なことに気づいた。

それはテレビを見ても面白くないのだ。ドラマを見る。そこで演技をする俳優の演技を私は決して上手《うま》いとは思わない。世間や新聞では名優だと言われている俳優の演技でもなんと下手《へた》糞《くそ》にしか思えないことだろう。歌手が歌を唄う。どれもこれも下手な唄いかた、安っぽい表情なのだ。テレビはドラマや歌ばかりではなく、歌の番組の司会者のやっていることまで、いや、どの番組もどの番組も、司会者から演出方法まで私には馬鹿馬鹿しくてたまらないのだった。

しかしテレビの演技を見てツマラないのはここへくる以前も同じなのだ。いままでテレビはマンガやコマーシャルをよく眺めていた。マンガのバカバカしさ、コマーシャルは宣伝だからどんなそらぞらしいことをやっても滑稽だからいいのである。テレビはコメディアンの面白さか、ミュージックでエレキのゴーゴーしか私は魅力を感じない。ここへくる前と同じなのだ。私はここへきても変わらない。なんと、これは意外なことだろう。

十二月になってから風が強く吹いた。

「ここは埼玉県菖蒲町《しょうぶまち》、関東平野のどまん中だ」と私は聞かされた。見渡すかぎり広く平坦な土地である。西の空には富士が、その右には妙義山《みょうぎさん》が、北の空には日光の男体《なんたい》、赤城《あかぎ》、榛名《はるな》山《さん》。東の空には筑波山《つくばさん》。これからは、遠くかすんで雲で見えない日も多い。広く、平坦な私の畑から見える田んぼや森は静かな風景ばかりだ。

私の郷里の山梨は、山は険しく雄大でなんとなく荒々しい風景だが、ここは女生徒が写生した景色のようにおとなしい。私の畑のそばには利根川からひいた見沼《みぬま》用水が流れている。これも人工に作られた川だが、江戸時代からのものなので人工の川とは思えないほど自然になっているのだ。

この川の土手にはよもぎやあざみや篠竹《しのだけ》が生えていた。私の郷里の笛吹川《ふえふきがわ》の土手には、子供の頃にはネムの木が生えていた。今は全然生えていない。そのネムの木がここの土手にはまだ生えている。

ネムの木の大きいのを一本、私は自分の畑に植えた。畑の南のほうに沼があって、そこにやはり昔の笛吹川の土手と同じガマが生えている。ガマも一株、私は畑の中に植えた。

十二月になると風も吹いたが寒さもひどくなった。夜は頭が痛くなるほど寒かった。屋根も壁も一重だけのプレハブなので十二月でさえ頭が痛くなるほど寒い。だから一月、二月はどんなに寒いか想像もつかなくはなかった。それでも、昼は太陽の光がさせば畑仕事では汗ばむほど暖かかった。

「とにかく、夜がたまらない」

これは私だけではなく、若いミスターでさえそう言うのだった。

それでももう一棟、プレハブでない住居を作ることを私は計画した。

「すぐ出来ますよ、今年中に」

そう言ってくれたのは建設会社のヒトだった。

十二月三十日、新しい家の一間に私だけが寝るようになった。こんどの家は十八坪で、屋根はスレート、外壁はトタン板で、家の中の壁は新建材の合板が使ってあるので、防寒耐暑の設備になっていた。

正月の四日、ミスターと私のふたりだけのところへひとりふえて三人になった。一流ホテルのコックの見習いを二カ年していたが、

「身体の調子が悪く、当分、療養したい」

と十二月はじめにいちどここへもたずねてきたことのあるもうひとりのミスター。山羊やにわとりの鳴き声がうまいので、私は彼の愛称をミスター・ヤギと呼んでいた。

「ここで、よい空気のなかで少し暮らしたい、昼も夜も螢光燈《けいこうとう》ばかりのホテルの仕事はとてもつづかない」

とこぼし、

「きてもいいよ」

と私も言って彼はくることになった。

正月が過ぎて二月になった。私の畑にはまだ以前耕作していた野菜が残っていた。白菜、ネギ、ゴボー、人蔘《にんじん》は畑に生えたままで一うねずつ譲ってくれた。だから私の家で使う野菜は町まで買いに行かなくても間にあったのだった。うねで買うと言っても大体目で見た見当で値段をつけてくれて、これは卸しより安い買物なのである。

二月と三月はよく風が吹いた。風が吹くと一昼夜ぐらい吹きつづけて畑仕事などは出来ないし、また冬なのでする仕事もないのである。

家の中にいてギターを弾くこともなんとなくつまらないことだった。これは、うまく弾けなくなったためばかりではなさそうである。ギターなど弾かなくても私は平和な日を過ごしていて、ただ、じーっと動かないでいて、それで物足りていたのかもしれない。

とにかくギターを弾くことなど面倒になってしまった。

とにかく私の住所が東京ではなくなるということで、私は独立したところに立っているような気がするのである。住所もどこだかわからないなどという無責任からのがれることにもなるのである。いまごろになって、こんなことは遅すぎるようだが、それでも私の気持はなんとなくほっとするのである。

三月のはじめ、私は中学時代のクラスメートから便りを貰った。同級会の通知である。それには手紙がつけてあった。

「農業をしているそうだが暢気《のんき》だろうな、こんどは綺麗《きれい》な小説を書いてくれよ」

私はこれを読んで気がついたことは、あの小説について、一言一句でも意見をのべる者があれば、その人の思想がはっきり浮きあがってくることである。

それは私の小説のことを言っているのではなく、それはその人の思想を述べているのだ。つまり、小説のことを言っているのではなく自分のことを言っているのだ。

おそらく、この同級生もあの小説は穢《きたな》い小説だったと思っていることだろう。この同級生はあの小説を書いてしまったことを私の宿命だとは気づいていないようだ。

私はいつもなにかの形式を作りたかった。乙女のような静かなものも、悲しみも諧謔《かいぎゃく》も、私にはスタイルだった。

あの小説の妙なスタイル——残酷のなかにふざけたような、またにぎやかな祭りのなかの妙な妖《あや》しさ、そういう妙なものを作りたくなって、私に偶然そんなスタイルが出来あがったことは宿命であった。あのころ安保の騒ぎがあって、ああいうふうに私に反映したというのは、後になって人に言われて気がついた。

この正月も過ぎた頃だった。

——新春のおよろこびを申し上げます。突然お便り致します無躾《ぶしつけ》をお許し下さいませ。毎日新聞紙上にて〝百姓になった作家深沢七郎さん〟という見出しを拝見しまして百姓をして居ります私共に大きい味方が出来ました様でとても嬉しく存じました。文字通りもうけの少ない農業、いや百姓でも何かしら夢があります。ラッキョーを植えたいのですか、そのラッキョーの種を持って居らっしゃいますか、もしよかったら種を送ってあげたいと思いますからお返事下さいませ。

日本の西の果にて　　かしこ

長崎県北松浦郡の女の人からこんな葉書を貰って嬉しくなった。

相手の人は私が百姓になったことを同志を得たように喜んでくれるが、そんなことより、私はラッキョーを好きなのであった。その種が手に入るのである。冬なのでラッキョーの種など探してもないのである。

すぐに返事を出した。すると大きい郵送の荷物がついた。ラッキョーの種が三百個ぐらい。漬けたラッキョー、味噌漬のきゅうり、カンナの苗。ほかに手紙が着いて、ラッキョーの代金と送り賃を知らせてもらいたいと私は書いて出したが、

「ここでは草のように生えているもので値段などはないのですが、あなたの心の負担にならないように送料だけは着払いにいたします」

私は百姓になったが、都会で生活してきたので神経もこまかい。だから相手の言ったこと、目つき、態度がこちらの神経に伝わってくるのである。「インチキ百姓だナ、俺は」と私は気がつく。近所の農家のお婆さんのような平凡な顔つきに私はなりたくなる。

このあいだ私の畑が地元の新聞の写真にのった。その写真の横に「いろいろなものが作ってあるコマギレ栽培」と説明がある。

よく考えてみると私の作づけは売るためではなく、自分の家の必要なものを作っているのだからどれもこれも少しずつである。大根、つけ菜、コカブ、ニンニク、ラッキョー、ニンジン、ドジョーインゲン、エンドウ、イチゴ、ネギ、キャベツ、里芋、南瓜《かぼちゃ》、キューリ、ナス、トマト、枝豆、落花生、外に苗木は梅、桃、柿、梨、リンゴ、ザクロ、ブドー、グミ等々、これら

は苗木だからいつ実《な》るか知れない。

一般の農家ではこんなに多種類の作づけはしないそうである。売りに出すのだからナスならナスを何反歩も作るのだ。慣れてくれば私も売るつもりだが、まだ六カ月である。

今年や来年は見習いだと思っているのだから、いろんなものを作って自分の性質にあったものを研究しているつもりである。何を作るかはその年の市場の様子を見てきめるのではなく、私の性質に合ったもの、これは、私の作りやすいもの、作った出来上がりが楽しいものにきめるつもりである。果実の苗木などいつ実るか知れない。

「実るまで待ちどおしくはないですか」

と村の人が言ってくれたりした。そんな人は現在実っている大きい木を、

「うちのをあげますから植えたらどうです」

と言ってくれるのだ。

私は実ることなどどうでもいいのだ。私はただ植えさえすればいいのである。私は植えることが好きなのである。

「いやァ、大きいのを植えかえすなんてことは好きませんねえ、これでいいですよ、この苗木で」

と私は妙なところで村の人の好意をお断わりする。相手は妙な気になるだろうが、そのうち

私の気持も分かってくれるだろう。

春になってからはヒバリやモズやツグミや名も知らない野鳥が多くなってきた。白サギもとんでくる。朝早くふとんの中で目をさまして窓から畑を見ていると、イタチがチョコチョコはいまわっている。

イタチは土手にいるのだが私のプレハブの横に積んである材木の下に巣をつくっているようだ。犬を飼えば野鳥もイタチも寄りつかなくなるらしいので当分犬を飼わないことにしている。

さくらや桃の花が咲いた頃、近所の人達の寄りあいがあった。となり組だけで使っている水道の話もあるそうだ。空家のようなお寺に集まった。

私はぼーっとなっていた。お膳の前にはさしみの皿、酢のものの皿、エビフライの皿などが一人前ずつ運ばれた。そのあいだに水道の会計報告があったようである。モーターの電気代、水道にまぜるさらし粉代、水道の使い賃は一軒が一カ月二百円だが、去年はその金がまだ余っているのでこのお料理が出たのだそうである。一カ月二百円というのは安いがそれでもまだ余っているのである。

部屋の隅をぐるりと坐っている善人たちはてんでに何か話をしている。

そうしているあいだに私が妙なことに気がついたのは、私のまわりになんとも言えない不思議な空気がただよっているのである。なんとも言えない不思議な圧迫が私を押しつけているのだ。その圧力は私の身体のまわりを押しつけているようでもあったり、私自身の身体の中から湧《わ》いてくるようでもあるのだ。

（いったいこれはどうしたことだろう）と私は考えている。とにかく胸を押しつけられるような苦痛から逃れるにはどうしたらよいのだろう。私はひとりで考えてみた。だが考えてもこの妖しい圧迫感の正体をつきとめることは出来ない。どこから、誰が、いやこの部屋全体の匂いかも知れないのだ。

かなり長い間、私にはこの耐えることの出来ない時間がつづいた。そのうち私は妙なことに気がついた。

突然、私は自分の畑へ行きたくなったのだった。自分の畑へ行って立鎌《たちかま》で草とりをしたくなったのである。

妙なことに草とりは今日の予定にはないのだ。今日は三時から六時まではこの会合だからそれからは畑仕事など出来ない。だから今日は畑仕事をするなどということは全然考えつかないことなのである。

それが、どういうことだろう。私は畑の仕事をしたくなったのだった。

今日、私のところへは電気屋さんが五時にくることになっていた。用事は修繕だから私が留守でもいいし、きてもすぐ修理はすんでしまうのだった。その電気屋さんは町からではなく上《あげ》尾市《おし》からくるのだった。

私はうまいことに気がついた。その電気屋さんのために家へ帰るという口実を作ろうと考えついたのである。それにしても、もう電気屋さんは家へくる頃だろうが、あいにく時計を私は持っていない。

「あのいま何時頃でしょうか?」

と隣の席の村の人にきいた。

「さあなァ、いまいくじごろになるべえか」

と隣の人はその向こうの人にきいている。やはり時計などつけてこなかったようだ。

「三時ごろになるべえか、いまいくじだよォ」

と大きい声でほかの人にきいている。三時に私はきたのだから三時という筈はない。

「四時ですよ、いま、もうちょっとで」

と、どこかのおばさんが時計を見てきて私に教えてくれた。(まだ四時か)と私は意外である。もうここへきて二時間も三時間もたっているような気がするが、一時間しかたっていないのである。この一時間が半日もの長さに感じられるのだが、これから二時間もこの苦痛に耐えなければならないのである。

そうして気がついたことは私はこういう会合に出席したことがなかったのだった。おそらく私は初めての経験だろう。

人間の集まる場所――映画館や駅やデパート、大勢の前でギターなどを弾くことはあっても、私はいつもひとりなのである。友人などと一緒に喜んで行くが、二人か三人ずつである。

私の住居にはよく人間がくるがやはり二人か三人組である。私だけの世界にこのような二、三人の組が現われた場合、私は陽気になる。そして喋《しゃべ》りまくる。それは個人的なのである。おそらくこの三十人もの大勢の会合の中に入ってしまったことは初めての経験かも知れない。学校の授業のとき以来かもしれない。

いや、学校で授業を受けるにも私はひとりでいられたのだ。私の気づいたことは私は集団が嫌いだったのだ。ひとりになりたくてこの田んぼの中にきたのだが、（これは、このままでは大変だ）と心細くなってきた。

私は自分の手を眺めた。畑の仕事をしたので手のヒビに黒い筋が網のように亀裂になって、その跡がまだ直らない。着ているイタリアン・ブルーのセーターの色は日にやけてみすぼらしい古着のようである。（随分日にやけて黒くなりましたねえ）と言われるほど私はここへきてから変化があった。しかし私が気がついたことは私自身は全然変化していないことである。ひとりだけの世界に生きていた者は生態がどんなに変わっても変化しないのである。

畑のキャベツの葉にはりついて葉をたべている青い毛虫、美しい羽根を拡げて花の蜜《みつ》を吸う蝶になったり、土の中にひそんで蛹《さなぎ》になっているときもあるのだが、形は変わっても彼等もきっと変化しないのだと私は気がついた。

私が気がついたことは、勿論《もちろん》悪人たちの集団に入っていることは出来ないのだが、私は善人たちの仲間入りも出来ないのである。どんな善意の集合へも入っていられないのである。私はひとりだけがいいのだ。ずーっといままで、私はそうだったのだ。

目の前の私の気にいったお膳の上に並んでいる美しいエビフライにも酢のものにもさしみにも食欲はわかない。早く畑へ行きたい。ガリガリと立鎌で草をかじる音、あの音はザクザクという音なのだろうか。土とすれすれに立鎌は青い草の根元の白い茎に触れるだけでガリガリと音がして切れてしまうのだ。草を切る音のなんとさわやかな音だろう。絃《げん》の音でもなく、ドラムの音でもない。ピッチカートの音でもスタッカートの音でもない。草刈は直接収穫とはつながらない。だが種まきよりも収穫よりもちがう美しさがあるのである。草を刈ったあとの整理された気持はなんとさわやかな気分だろう。

そうだ、お墓参りしたあとのさっぱりした気分に似ているかもしれない。しかしそれともちょっとちがう、美しい青い草と裸の土がそこに対照的に並んでいる。そこに鎌の先が細く光っている。絵でもなくミュージックでもない色の世界に、私は顔をのぞかせてガリガリと音をたてるのだ。

それは私が聞いている、見ている世界なのである。

まわりの村人たちが揃《そろ》って手を叩きだした。歌を唄いだした。向こうのほうからこっちへひとりずつ歌の順番がまわってくるようである。そうしてみんな手を叩いているのは手拍子をとっているのである。やっと私のまわりをとりまいていた重い空気が消えたようだ。

私も手を叩いたほうがいいだろう、いや手を叩かなければいけないだろう、それから歌を唄う順番になったら私も歌を唄ったほうがいいだろう。いや唄わなければいけないだろう。そうして私も手拍子をとりはじめた。

重たい空気が消えたと思ったが、私が手拍子をとりだすとすぐにまた重い圧迫感に私はとりまかれた。手を叩くことが私には無意味なことだったのだ。退屈なのだった。

だが村人たちは歌と手拍子に陶酔しているようである。どの顔もどの顔も恵比寿《えびす》様のような顔つきなのである。

(はてな?)と私は気がついた。手拍子をとることがこんなにもぴったりと村人たちに溶けこんでしまうのはどうしたことだろう。私は崕《がけ》の上に立っているほど危ない手つきで叩いているのである。ぐるりとまわりの壁に並んでいる恵比寿様たちの手拍子の音はなぜ私に苦痛なのだろう。

そうだ、これは肉体を叩いている音なのである。私達は何かに感激したときには手を叩く。

それはけたたましく、速く、衝動的なのである。衝撃だから咄嗟《とっさ》なのだ。それはすぐに止《や》んでしまう。だが、この手拍子はそれとは違うのだ。これはリズムなのである。そうだ、これは民族なのだと気がついた。

ずっと以前、私はやはりこの手拍子に苦痛を感じたことがあった。それは二十年も三十年も前のことだろう。クラス会だか結婚式の会合のような席だったようである。それから、いま、この会合なのだ。あれからいままで私は手拍子をとったことがあっただろうか。

ある、ある、エルビス・プレスリーのハウンド・ドッグだったかもしれない。だがロックの手拍子はこんなにも揃ってリズムをとってはいない。タタッ、タッと二つに一つのリズムだが、それも衝動だからリズムほど繰りかえさない。衝動だからひとりでリズムをとってすぐバラバラになってこわれてしまうのだ。

村人たちの手拍子は揃って鳴っている。そうだ、これが民族なのだ、神の前に柏手《かしわで》を打つ、死者の前に手を合わせる。

仏教の本場——印度、中国などでは、仏の前でも手など合わせない。どうやら両手を合わせる仏教はこちらの民族に作られた所作のようである。

足で土をふむことが好きな民族、或る民族は腰を振る、或る民族は手を出して小きざみにゆする。

私の住んでいるこの民族は手を叩くことが好きらしい。目の前では村人たちが手を叩いているが、私は手を叩くことは好きではないと気がついた。私は窮地に追い込まれたうさぎになったようである。

手を叩きながら私は畑に立って草を刈っていることを考えている。そんな幻想の中にいればこの空気から逃れることが出来るのである。

早く畑へ行きたい。早く五時になればいい。電気屋さんがきて私はちょっとこの席から逃れることが出来るのだ。そうして、ちょっとでも畑の中にいることが出来るのである。

五時になった。

「ちょっと、家へ。五時に逢う人があるのです」

そう私は言ってこの会合から逃れることが出来た。

自転車できたので自転車に乗った。ペダルをふむ足のなんて軽いことだろう。手拍子から逃れて私の口ずさむのはアストロノウツのリンダ・ルーだ。

五時になっているが電気屋さんはきてない。きてもこなくてもいいのだ。私は畑の中に立つことが出来たのである。それから、もう一時間だけ我慢をすればいい会合の席へ戻った。自転車で往復十分間、この十分間が私自身の時間なのである。

六時に会合が終わって帰ってきた。自分の畑がこんなにも尊いものだと知った日なのだ。

夕方だがまだ明るい。私は立鎌を持って畑の中へ立った。ザクザクと草を刈る。気がつくとネギ苗の中に小さい草がいっぱい生えている。このネギ苗は移植する苗である。すぐに私は移植したくなった。

二本か三本でも移植しようと思ったので、二、三本ずつ植えかえはじめた。植え終わるとまた二、三本、苗をぬいた。それを移植するとまた二、三本の苗をぬいた。それを移植するとまた二、三本。そうして私は一うねの移植を終わってしまった。

ネギ苗はまだ沢山残っている。「もう一うね移植しよう」と私はまた鍬を振るった。それからもう一うねのさくをつけた。そうしてまた二、三本ずつネギ苗を植えかえはじめた。

それから何回植えかえたのだろう。急に私は目が見えなくなった。うねもネギ苗も見えない。日が暮れたが宵やみだったのに急にあたりは黒い夜につつまれたのである。

「だめだ、今日は」

と私は移植をやめた。電気屋さんはこなかったが、家の中には村の人が二人きている。さっき水道の会合にきていた村の人だが、帰る途中で私の家に寄ったのだ。私の畑仕事が終わるのを待っているのだ。

「熱心ですね、畑仕事が」

とこっちへ言う。

私は熱心ではなく畑仕事が楽しいのだ。なんと答えていいのだろう——手を洗って家の中へ入った。さっきの会合の中の同じ人だが、こうしてふたりだけで私の目の前にいると、あの重い空気の人達とは思えないほど親しみがわいてくるのである。あの会合のどの人達とも、ひとりずつ逢っていればこんなにも親しいのである。

「つまらないことはないですか、畑の中の一軒家で」

と言う。私はつまらないとも淋しいとも思わない。ここへきてからこの言葉をよく聞かされる。この村の人でさえ、そんなふうに思っているようだ。

「そんなことはありませんが」

と私は言う。

「あまり熱心にやっていると気の毒のように思っているのですがねー」

と言う。楽しい仕事をしているのだから気の毒だと思われる筈もないのだが、慣れない畑仕事だからこの素朴な村の人達は同情してくれるのかもしれない。

それとも私自身は楽しくやっているのに、他の人からは淋しそうに見えるのかもしれない。ほんとうに幸福な姿は淋しさに似ているのかもしれない。

田んぼで蛙《かえる》が鳴きはじめた。があがあと、あっちでもこっちでも鳴いていて、それは学校の生徒が休み時間に騒いでいる声と同じである。

気の毒だとか、淋しくはないですかと質問されても、私は答えないでもいいだろう。私は自分だけの世界に生きていればいいのである。よく考えれば私はずっと昔からそんな考えかたをしてきたのである。

向こうの梨畑で「ぐうー、ぐうー」と大きい鼾《いびき》をかいているように尾長どりが鳴いている。東京から持ってきたさんざしの木を一本、裏の芝の隅に植えたが、これは死者が呼吸を吹き返したように鮮かな赤い新芽をのばしている。

尾長どりの鳴き声も、善意の村人たちの声も、蛙の声も、どれも同じだろう。私はここへきてもそんな考えかたを変えないのだ。

枯れそうになっていたこのさんざしも、もし、幸福だとか不幸だとか変わっても、同じ花しか咲かないのである。

野まわり

埼玉へきて、二日ばかりたった朝だった。朝起きると、すぐ目の前の田んぼにカカシが立っていた。来た日にはカカシはなかった。

もっと遠くにはあったのだが、朝になったら突然、目の前の田んぼにカカシが作られているのだ。だが、そのカカシは人間が立っているような気がしたのだった。そうして、カカシでも、なんとなく近隣の人のような親しみを感じたのだった。きっと、朝早くカカシを立てたのだろう。それにしても、あまりにもすぐそばで、人間そっくりなのだ。

「いいねえ、当分、あのカカシはおれの家のヒトにしよう」と私はミスター・ヒグマにいった。ミスターもカカシを見て、彼もすっかり、ここが気に入ったようだった。「ここは、いいところだなァ、東京に帰るなんて、いやになっちゃったな」ひとりごとのようにいっている。〈やっぱりそうか〉と私は思った。

私ばかりでなく、若い者も田園の中の生活が気に入ったのだと私は思った。

この田んぼの中の一軒家は住みにくいと、だれにも思われていたようだった。越して来る前夜、運送屋さんを頼みに行って帰って来ると「本当に行くのかい」と、私は弟にいわれたのだった。運送屋さんを頼みに行っても、そんなことをいわれるほど、信じられなかったのだった。もちろん、私は自信はあったのだが、ここへ来て二日目に、若い者までが好きになったのだから、私は自信たっぷりになった。「ここにくらべれば東京なんか地獄だよ」と私は笑いとばしたほどだった。

そんなことをいってからだった。「ハテナ？」とミスターがいいだした。彼は田んぼのほうをながめている。〈何だろう〉と私も、そっちをながめた。「あのカカシの向きが変わったようだ」という。

注意してながめると、さっきのカカシの形とは、ちょっとちがっているようである。だが、カカシの向き方がちがうはずはないのだから、「うーん、ちょっと、ちがうようだけど、そんなこともないだろう。錯覚だよ」と私はいった。ミスターは、それで納得したらしい。

さて、そのカカシだが、畑仕事をしているうちに、ミスターが「あれッ？」と、頓狂《とんきょう》な声をはりあげた。それから「あのカカシを見ろよ」といいだした。ひょっと見ると、カカシはさっきと正反対のほうを向いているのだった。「あれッ？」と私も騒ぐように声を出した。

カカシは人間だったのである。じーっと、立っているので私たちは人間をカカシと思い込んでしまったのだった。

あとで、私はこのカカシの人間と親しくなったのだが、私たちとは隣組の農家のおじいさんだった。このおじいさんは毎朝起きると畑に作物を見回りに行くのだった。これを「野まわり」ということもあとで知ったのだが、朝の野まわりをやって、その作物を観察しながら、害虫のこと、肥料のこと、土かけのこと、そのほかの手入れをきめるのだった。野まわりは農業には楽しいことで、おそらく収穫よりも楽しいことと思う者もあるようだ。楽しいから、じーっと、カカシのように立っているのだ。よくできた野菜をながめているのは、見とれているのである。悪いできのときは、原因を考えたりしている。

私が驚いたのは、生まれながらの農業の人でさえも、良くできた作物に見とれてしまうことだった。私のように農業が珍しい者には、よくできた作物に見とれるのは当たり前なことだが、毎年、毎年、作物を作っている人が見とれるのは意外だった。それは、都会の奥さんたちがデパートの宝石売り場で、ダイヤの指輪に見とれるのと同じなのだ。農業のよろこびは、それが毎年、毎年、くりかえすことだが、来る年、来る年が新鮮な目で見られるのは、作物の美しさばかりではなく、自分の作ったものだからかもしれない。

それとも作物自身は一日、一日と、ちがってくるからかもしれない。

「二、三日見に行かなければ、もう変わっている」という野まわりは、毎日見に行っても飽きないのだ。

「雨が降ってる朝でもコウモリをさして畑をまわりますよ」と言ったヒトがあった。〈これは私よりウワテだナ〉と思った。

土と共に生きるという言葉はこんな人に使えるのではないだろうか。年をとって、身体が動けなくなっても、家族の者に背負ってもらって畑を見に行く老人もあるそうである。

なんとなく、私はひとゴトのように思えなくなった。もし私が背負ってもらって野まわりをするようになったら、どうだろう。それほどの執念は私は持ってはいないだろう。土と共に生きるほどの農業精神は私には無理だろう。それは執念とか、精神とはちがうようだ。農作物が美しいなどとはちがう野まわりではないだろうか。それは畳の上よりも土の上のほうが生きがいのある生活なのだ。土の中にわく水のように、人はその身体が土から根をはやしている。ほんとの農家は文化住宅には住めないのではないだろうか。一見、みすぼらしく、よごれている農家の住宅も、実は、そこが住家ではないのだ。住宅は雨や風をよければいいのだろう。家の中など、なんでもかまわないのだ。

「一のこやしは、あるじの足あと」と、この土地の格言のようにいう言葉は、肥料よりも、その主人の足あとが作物を良く育てるという意味だそうである。野まわりは足あとのことばかりではなく、農家のほんとの家は土なのだから、そこに足あとがないのは、主人がいないと同じ意味なのだ。

ワニ皮の腕こそ収穫

東京にいると一カ年が早くすぎた。正月だと思っているうちに「もう桜が咲いた」という声を聞く。そう思っていると「暑い」といいだす。暑い、暑いと我慢していると涼しい日があるようになって、涼しくなれば寒い日もあるのだ。寒くなればすぐ、街にはクリスマスの飾りが目につくようになるのだ。クリスマスが来ればお正月である。まったく、東京にいるときは一カ年が早くたった。ところが、私は埼玉に来て農業をやったこの一カ年、なんと長いと思ったことだろう。移って来たのは晩秋だったから冬が過ぎて春になってから畑仕事らしい日を過ごすことになったのだから、まだ、ほんとに農業をやったのは十カ月ぐらいだろう。だが菜や大根を作れば二、三カ月ぐらいで収穫になるから十カ月では三回の種まきと収穫になるのである。種まきから収穫といっても毎日毎日、生長する日々の変化を見て過ごすのだ。二、三日、見に行かないと驚くほど生長して変化している。まったく野菜は生長が早い。草花なども好きで種をまいたがこれは生長がおそいと思えた。

食べられるものは早く生長するのだから都合がいい。これは、おそらく人間がつごうのよいように改良したのだろう。雑草は繁殖や生長がすさまじいといわれるが、それでも人間たちの作るもののほうがすさまじい。

稲に実る米は雑草にくらべてなんと多量に実がなることだろう。ペンペン草、草ぶすまのすさまじい成育よりも結球白菜の大きい葉のほうがすごい生長力である。いや、もっと小さい葉っぱ――ほうれん草や京菜のほうが雑草より恐ろしい生長をしめすのだ。私たちは人間たちのつごうのいい、食べられるものばかりを作った。そしてなんと人間は自分勝手なことばかりしているのだろうと思った。

ラッキョウ、ナス、キュウリ、白菜、大根とわがラブミー農場は自給自足を目標に作ったのだが、あまれば農家と交換したりしたのだった。

去年はまだ農業は初めてだから出荷するつもりなどはなかった。また、出荷する自信もなかったのだが「売ればいい」といわれるほど、一年生にしてはよくできたようだ。キャベツもよくできたし、秋には落花生が一俵、大豆は二俵もとれて、これは意外なできだった。下手《へた》なものはネギ、これは台風のあとの手入れもなれなかったのだが、不作などという生意気なことばは使えないと思っている。

不作ではなく下手なのだった。ネギ、ソラ豆、カボチャ、スイカはほとんど形にならなかった。それでも自分の作ったものだから妙な形、でこぼこの小さいのでもラブミー農場の者たちはゴキゲンで食べたのだった。

ラブミーのミーはもちろん私もミーだが、ネギや大根もミーなのである。ここではミミズ、青ガエル、ネコヤナギもみなミーだからショボクレたカボチャでも愛してちょうだいといっているような錯覚になっている。

はじめは畑がラブミーのミーだったが来たときからみんなミーになってしまったのだった。近くの農家の人たち、畑を通る人たちは聞かなくても教えてくれたのは意外だった。

私たち――二人のアシスタントたちがやっていると、わざわざ見にきてくれるときも多かった。間違った方法――土のかけかたが私たちはいちばんむずかしいことだった。その種類で土かけの量がちがうし、同じものでも時期ではちがうのである。土かけをやっていると、遠くの畑で仕事をしている村の人はわざわざ見に来て、教えてくれるのだ。私たちを心配してくれたし、また励ましてくれるのだった。とにかく「とてもできないだろう」と周囲の人たちにいわれてここへ来て「だいじょうぶだろうか?」と自分でも思ったりしたときもあったのだが、私の予定したことは実現したのだった。

だから秋になって私はホッとした。それは、農業を続けて行くことができると決定した安心なのだった。好きな農業なのでつらいと思うことはないが、雨や風の日は畑に出られないのがつらいことだった。ギターをひく手はワニ皮のような手になった。夜、ユカタなど着ると、この黒いゴツゴツしたワニ皮の腕がニューッと袖から突き出るが恥ずかしいとは思わない。ここへ来た収穫の手なのである。

九月のある日、私たちのメンバーにニュー・フェースが現われた。ボクサー犬のオスで三カ月の子犬である。初めここへ来るとき、私がひとりだけの予定だった。それで、犬を飼うつもりで頼んでおいたのがやって来たのだった。いろいろな知人に頼んだのだが私のほしいのはボクサー犬だったので適当な子犬がなく十カ月かかって来たのだが、このときまで私たちは三人なのである。

ボクサーの名はボクシングのボクサーと同じ名なので「だいそれた名だけれどヘビー級のチャンピオン、カシアス・クレイの名に」と私たちはこの新しいメンバーを「クレイ」と呼ぶことにした。男ばかりの生活なのでメス犬が来ても変だし、オスでは男ばかりで物足りない。「孤独はオレにまかせておいて」と犬はメスも頼んでおいたが、メス犬も適当なのがなく、クレイよりも二カ月おくれて十月の終わりにやって来た。ボクサーは栗色で鼻すじとあご、胸と両足が白くなっているのが普通だが、このメスの子犬は首筋のうしろにローマ字のLの線があるのだ。この犬は「エル」と呼ぶことにした。

犬はもともと私は好きではないが、忘れていた雌雄の犬が来てくれて家族の仲間になって私たちは思いもよらない生活にはいったのだった。二匹の子犬はまだ赤ちゃんなのである。私とミスター・ヒグマ、ミスター・ヤギの三人はいつのまにか父親になってしまったのだった。不思議なことにミーたち自身がそれに気がつかないのだった。ラブミー農場は五人家族になったのである。気がついたら農家ではどの家でも犬を飼っているのだった。用心のためでもあるが畑のモグラ、カラス、野ネズミなどを追う習性が役立つらしい。犬は人間とは違って、人間の足りない部分——用心性ではなく人間の足りない神経を補っているのだった。私たちの毎日はおそらく精神的には足りないものはないようだ。

ラブミー農場一帯は長十郎梨とイチゴ作りが盛んな土地である。とくに私の住んでいる上大《かみおお》崎《さき》はイチゴ栽培に熱心だし出荷量も味もすぐれているそうである。去年はイチゴの苗作におそい時期に来たから露地栽培しかできなかったが、今年はビニール・ハウスも建てることができた。三月末から五月まで、きっと私たちはイチゴにもてあそばれてしまうだろう。露地栽培でも土地のせいだろう、苗を植えておいただけで朝も大ザル一杯、夕方も大ザルに一杯で部屋の中はミツのにおいで一杯である。食べる気がしないのはにおいだけで満腹してしまうからだろう。食べないうちに翌朝のイチゴを摘まなければならないことになってしまう。イチゴは出荷するのだが、私たちはこんなになるとは思っていなかったのだった。「けさ取ったのにもうこんなに赤い」と私たちは大きいザルに一杯とって、もうとれないだろう、出荷してもこの一回しか出せないだろうと思っているので出荷などはあきらめている。

野菜が農業だと思っているので、出荷などということは目がくらむような大きい事業に思い込んでいたのである。「困ったなァ、こんなに実《な》って」と私たちは、くさっていくイチゴをながめながら「イチゴの神様に怒られるかもしれない」そういいながらも取ってきてはくさらして、イチゴの時期は過ぎていった。

草の春

こないだの雪は十三年ぶりだそうである。雪の少ない私のところも十五センチばかり積もったので雪見という気分も味わうことができた。

花見、月見、雪見には酒をのむらしいが、私は酒はのまないからお茶とせんべいである。まことにお寒い雪見だろうと思われそうだが、コタツにあたって部屋の中から雪の降るのをながめるのだからあたたかい雪見だった。

田んぼの中の一軒家なので、見渡すかぎり白い別天地である。遠くの林、そばの桃畑の枝々。私の畑に作った雪ダルマ。これは夜なかの二時ごろ起きて作ったのだが、次の日も一日じゅう雪は降った。作るときは朝までにはトケてしまうだろうと思ったのだが、この雪ダルマは三日も四日も保《も》った。東京では交通量がはげしいから雪の道はすぐトケてしまうが、道も畑の中の一本道しかないので白い肌の原っぱは長くそのままだった。

白い色はハデだからステージなら主役の着る衣裳《いしょう》である。だが、このごろは都会でワイシャツなどもクリームがかった白い色が多いらしい。これは都会のスモッグに関係があるのではないだろうか。白い色はよごれた空気、日の光には似合わないのかもしれない。

反対に、農村では白い色が好まれているようだ。農村では洋服を着るときは真ッ白いワイシャツが多い。

私は埼玉の農村――菖蒲町に越してきて農業をはじめてから一年と五カ月になった。隣の家は百五十メートルも離れていて、まわりは田や畑だから世捨て人になったような気持でいられるはずである。ここでは話題が農作物の話だけである。東京から来た人でも農作物の話になってしまう。それでも、ときどき、どこからともなく社会的な風が吹いてくるのは防ぎようもない。いつだったか、東京から来た友人が「一億円ばかり使える金ができたんだ。こういう事業をやりはじめるんだ。どうだろう?　この計画は」と聞かれたので、私はめんくらった。現在の私にはそれが良いことか、悪いことか見当がつかない。相手の友人はその事業の計画性が良いのか、悪いのか、つまり、もうかる仕事か、失敗するのかを聞きたいようでもあるのだが、相手の友人は迷っているのではなく自信たっぷりだから、おそらく質問ではなく計画を聞かせたいだけで話をしているらしい。私はなんとも答えられない。イチゴが一キロいくらだとか、ネギがいくら、ハクサイがいくらという金額以外は雑音のようにしか聞こえない。

いつだったか、風の吹く寒い朝だった。まだ、ふとんの中で寝ていると裏からだれかがはいってきて「百円持って○○さんの後援会に行くよう、区長さんからの通知です」といわれたときは、驚いてぴょんとはね上がった。寝耳に水ということがあるが、私は頭から水をがっぷりかけられたような驚き、突然、私の身体はさかさまになって地球から宇宙へ投げだされたのではないかと思うほどアキレ返った。そのときは国会は解散していないが、近いうちに解散して選挙があるらしい。「区長さんがそんなことをいっていいんですか？　選挙違反ではないですか？」と私は目をこすって相手をながめた。通知に来てくれたのは隣組の親しいおじさんである。「違反じゃないでしょう。後援会ならいいでしょう？」といっている様子は何も知らないらしい。区長さんが特定の人の後援に行くような通知——これは公務の地位を利用しているのと同じである。○○氏の後援会というが、私など後援しなければならない理由もわからない。「チフスの予防注射を受けるのと同じに、選挙の後援会に」といって、「いけないんじゃないですか、そんなこと通知することは」と私はそのおじさんにいっただけだが、あとで聞いてみるとそのおじさんは「よく考えるといけないことではないか」と気がついたそうである。それで「まわり歩くことをやめました」といっていた。

それにしても、区長さんでさえもそれが悪いことか知らなかったようである。農村では選挙に関してはこんなふうに無関心なようである。なんとなくコッケイな、のんびりしている政治感覚ではないかと思う。だが、よく考えれば、農村人に関心があるのは、作物に直接関係があることだけである。雪が降って野菜の出荷が止まれば市場の値段が上がる。

「それ、ネギを掘れ、ハクサイを」と電気にしびれたように敏感に響くが、選挙は四年に一回まわってくる閏年《うるうどし》の整理日としか受けとられない。おそらく、今、私が一億円の仕事の計画を聞かされたと同じ雑音にしか聞こえないだろう。無知だとか無関心などといっては残酷だろう。残酷なのは政治屋たちがその間をウロチョロかけずりまわって毒ヅメをひっかけ、アブラムシが菜っぱのシルを吸うのに似ていることではないだろうか。そんないやな風も吹いてくるが、ほんとに大地を吹いて来る風は明るく暖かい。やはり作物に関係がなければ私にも関心はないのだろうか。雪が消えたあとにはスイセンやヒヤシンスの芽が地を破って現われてきた。私のイチゴ作りは去年よりも上手になったので、ビニール・ハウス栽培もやったが、できばえはどうやら及第だそうである。

八束土手《はっそく》

ラブミー農場に二度目の春がきた。町と境の十六間橋は見沼《みぬま》用水にかかっていて、春になったのでことしもセキが開いた。去年と同じように、用水は湖水のような静かな流れになった。土手がわがラブミー農場とつづいているので、野火の好きな私は冬でもこの土手に出て枯草に火をつけるのがたのしみだった。野火は害虫の越冬を焼くし、草のためにもよいそうである。私はそんな意味ばかりではなく、野火は豪華な、絢爛《けんらん》な景色だとたのしんでいるのである。

この土手が八束土手と呼ばれていて、冬の風は冷たく、荒く「関東でいちばん寒いところがそこのハッソク土手だべ」と土地の人たちはいっている。冬は野火で、春はさくらも咲くし、黄菖蒲《きしょうぶ》やアヤメの道になる。レンゲもスミレも、かくれるように咲くが、何よりも私の好きなのは雑草の中にすーっと残っているカヤの穂である。ラブミー農場の畑とこの土手さえあれば、私はどこへ行かなくてもいいのである。

農村選挙

農村に住んで一年半、まだ慣れない野良仕事だが、突然、こんど、私の目の前に選挙という妖怪《ようかい》が現われた。まったくシャバを忘れていたと思い込んでいた私だから突然現われたことだった。

選挙といっても衆院議員と県会議員はなんの珍しいことでもなく、新聞などの発表を見て投票したのだから、これは肴屋《さかなや》へおさかなを買いに行くことと同じ当たり前の行動だからきわめて常識的な考えで、常識的な判断でいいのだからむずかしいことでもない筈だ。が、町会議員の選挙は同じ部落の、顔見知りの人達——候補者だけでなく両方の運動員たち、いや、村中の誰でもが運動員と同じ役割りなのだから私だけがソッポをむいていられるはずがない。

私の部落では立候補者は二人で、一人の当選である。私は沈黙を守って、どちらかを選んで投票すればいいのだと考えていた。が、それは、もし私が啞《おし》かツンボだったら可能なことかもしれない。まずいことに私はオシャベリなのだ。「おねがいします」といわれればなにかの返事をしてしまう。はじめ、「私はコウモリです」といっていた。どちらの人にも「どうぞ、がんばって下さい」といっていた。驚いたことにこの部落では誰が誰を投票するのかほとんど知られているのだった。たいがい親戚《しんせき》関係と平素の交際できまるのだが、候補者との親戚、交際だから村中の人達がどちらかに入ってしまうのだ。私はまだ一年半なのでコウモリ的存在になるのがいちばんいいのだと思っていたのだが、選挙という妖怪は私の考えるとおりにさせてはおかなかった。いったい、農村人は不思議な才能を持っていることに気がついた。ふだん「百姓なんかバカだからダメですよ」と農村人はよくいう言葉である。また、そう思い込んでいるようである。ほんとうにそうだろうか。こんどの選挙で私はどの百姓さんも智謀、策略のすぐれていることに舌を巻いてしまったのだった。

都会の選挙も蔭ではいろいろな策略が行なわれている。が、農村人の選挙戦術はすばらしい。まず、投票前の票読みだが、それは両方とも当選数を確保しているのである。それでなければ戦う必要もない。二人に一人の当選だからそんなはずはないのだが、誰は誰にと決まっているだけに票読みはかなり確実らしい。投票日が近づくと両方でそれに気がつく。そこで村人たちの眼はお互いのうごきを伺うことになるのである。

村人たちには両方に顔を立てなければならない者も多くあって、それは、どちらにも顔を立てる姿勢をとっているのだが、これが実は凄《すご》い智恵者なのだ。正直者の智恵者なのだから始末が悪いが運動員たち――隣人たちはもっと智恵者なのだ。どんな正直者の智恵者でも両方に票を入れるわけにはいかない。投票日の前日か、二日まえあたりに人のうごきのある家がまず怪しい。人の動きというのは戸別訪問だがお互いに親戚か隣人だから戸別訪問などときめることもできないので始末が悪い。その人のうごきが最後の説得をしてしまうのだが両方でそれを防ぐのである。

私はこのような村人たちをかげでゲシュタポと呼んでいるのだが、ゲシュタポたちは人のうごきには必ず後をつける方法をとっている。誰かが、誰かの家に入って行けばすぐ一緒に入って行く。ほとんど自分の近所を見張っていて近所の家に一緒に入って行って一緒に話をしているのだから妙なものだ。つまり、話をさせない戦術である。考えようによってはこれは正しい方法かもしれない。また、家に入るまえにツカマえてしまう方法もあるようだ。ツカマえるといっても、話をしかけてそこへ行くのを止《や》めさせてしまうのである。「どこへ何の用事で」と話しかける。嘘をいっても一緒について行くのだからどうすることもできない。たいがい、話しかけられて一時間でも二時間でも道で立ち話をしていて、それでアキラめてしまうか、一緒に訪問されてしまう。このゲシュタポたちは投票日の二、三日まえは徹夜で見張っている。これを「張り番」といっているらしい。農村近くの町では路地の入口ごとにこの張り番が立っているそうである。

驚いたことはゲシュタポが敵のゲシュタポに情報を流すこともあって、お互いに隣人だから、「やっぱり、あのひとは、こっちの味方だったべ」と思い込む。情報は「今夜、こちらのほうで○○さんの買収をするから、そのまえに、キミのほうで買収をしなければダメだべえ」と教えてくれる。「それは困る」と○○さんをこちらで買収してしまう。そうして、それが相手の戦術なのである。○○さんを怪しいと見ているか、それを相手がたにテストさせてみるのである。また、相手に買収させるのも戦術で、それで弱味を摑《つか》んでしまう。この場合、○○さんもそうだが買収したほうも弱味を摑まえられてしまう。どんな正直な智恵者でも買収されたか、されないか、隠していることができない。

それが隣人同士のゲシュタポたちではないかと私は気がついた。驚いたことには選挙事務所では近所のおかみさんたちを全部呼んでお茶を出す。お茶をのんでいる最中にひとり、別の部屋に呼んで意味ありげな時間をみせる。集まっているおかみさんたちは呉越同舟《ごえつどうしゅう》なのである。きっと、買収のゼニを渡しているのだろうなどと思い込ませるのだ。それは心理作戦でどちらの味方かを見わけられてしまう。もっと驚くことは智謀深遠なこの選挙事務所が毎晩移動することである。届ければ事務所の移動は違反ではないのだから始末が悪い。

私の部落では選挙は終わった。その夜のうちに当落はきまって、選挙の話題はその翌日までである。いま、農村人たちはナスやキュウリの話題だけで忘れものをしたように政治の話などしない。いや、選挙中でも政治の話などは全然しない。誰はどちらのということしか選挙の話題はないのである。

こまぎれ栽培

私が東京から、埼玉県の菖蒲町《しょうぶまち》に引っ越してきて二ヵ年たった。ここへ来たのは農業をやりたいからだった。商人の家で育ったのに農業をやりたいなどというのは変だと思われるかもしれないが、とにかく私は自分のやりたいことだから仕方がない。

なぜあなたは釣りをしますか、と質問されるのと同じだろう。

農業は私の夢だった。映画スターになりたいとか、歌手になりたいという夢は若いころはだれでももつ夢である。農業をやりたいというこの夢は若いころからズーッと、五十歳になるまでつづいていたのだった。だからそれをよく知っている私の周囲の者は「とうとうやりましたねえ」とか「とうとう念願を果たしましたねえ」といってくれたものだった。

今、私は「農業」という言葉を使うが、ここへ来るまでは「百姓」という言葉を使っていた。私の農業という意味と農作業は以前からいだいていた百姓というイメージとはちょっとちがっていたようである。農業は少しずつ近代化されていて、なんとなく科学的な方法になってきたようである。肥料、消毒、作付けなども進歩したし、また、施肥方法、消毒機なども、去年と、今年ではもうちがう機械になっているのだった。だが、私の夢は、やはり夢のもっているイメージと変わらせたくなかったのである。だから、私の農作業は、ここの村ではもっとも古い方式で、それも、全然素人《しろうと》のやりはじめた方式なのである。だから私は土を耕すのに鍬《くわ》を使った。外の家はほとんどが耕耘機《こううんき》でやっている。私は鍬でやりたい。そんな私の農業である。

作る物も外の農家とはちがって自分の必要なものばかりである。普通の農家では同じ種類のものを広範囲に作って出荷する。現在は農家でも自分の食べる野菜は買っているようである。これは私には信じられない農業方法である。たとえば、キャベツを十アール作る。そのキャベツは全部出荷する。だからキャベツ以外の野菜は買わなければならないのだ。私のは、キャベツをひとうね、コマツナをひとうね、ダイコン、ゴボウ、ホウレンソウ、コカブ、ナス、キュウリ、サトイモ、レタス、ピーマン、パセリ、と三十種類ぐらいを作付けした。もちろん、初めてなので出来ばえもよくないが、本職の農家の人が見ればメチャクチャな方法らしい。あとで「コマギレ栽培」という名をつけられたが、まったく、そのとおりである。コマギレ栽培は悪口ではないそうである。多くの種類を作ることは面倒なことで、丁寧な技術が必要だそうである。私はこのコマギレ栽培を当分つづけるつもりである。

鍬で土を耕すのは一年で変えてしまった。「豆トラ」という最小の農耕機だがそれを使うことにしたのは、鍬で耕すのは、機械で耕すことにかなわないからである。鍬より機械のほうが上手である。どんなに長くても広くても平均にできる。そのうえ、三十アールという土地はとても鍬ではやりきれないことである。それでも、私は一年間鍬でやったことに誇りをもっているのである。鍬は使いたかったから使ったが機械になっても鍬でやるのと同じ考えで耕すことができるからである。

越してきたのは二年前だが、土地をさがしたのはかなり前からだった。十年もたっているだろう。初めは海の近いところを選んでいたのだった。山梨の生まれの私は海も好きだったからだ。ここへ縁があったのは東京にいたときの「オテモヤン」というお手伝いさんがここの出身で、その家の紹介でこの農地が手にはいったのだ。

オテモヤン——ほんとの名は思い出せない。家に来たときからオテモヤンという愛称をつけて呼んでいたから——なんとなく素朴な娘である。私たちがここへ来てからはお手伝いさんをやめてこのすぐそばの実家にかえってきてしまったのだった。よく、ここへ遊びに来て、また、手伝ってくれたのだが、東京を暇をとって、はじめてここへ来たときからオテモヤンは退屈男と愛称が変わったのだった。

その日、東京をやめて、挨拶に来たのだが、大きい背《せい》で太っていて、黒地に派手な花模様の晴れ着をきて、自転車に乗って畑の中をこっちへ来るのだが時代劇の旗本退屈男のように畑の中に目立って現われたのだった。「アレ、旗本退屈男のような人が来るけど」と私はいってながめているとオテモヤンだったのである。

私は畑の中の草の上に三坪のプレハブを建てた。東京でガードマンだった青年が、「家を建てるまで手伝ってくれる」といってやってきた。その青年も大きい背で、色は黒く、北海道の羆《ひぐま》に似ている感じなのでミスター・ヒグマという愛称である。そのヒグマと私はそれから三カ月、「野菊のごとき君なりき」という日をすごしたのだった。トイレができたのは三カ月たってからでそれまで私たちは草むらの中で用便をしたのだが、大きいスコップを持って土を掘って用をすることを私たちは「野菊のごとき君なりき」に行くと暗号を使っていたのだった。

豆ぶち

農業のまだ二ヵ年しかたたない私の秋の収穫は、まず「豆ぶち」である。豆で味噌を作るのが、一年中の自給自足には、かかせないのである。豆は枝豆のように、青い実のうちにも食べられるが、味噌を作るには、なるべく大粒の、収穫の多い種類を作っている。収穫量ばかり多くても、味がまずければ、味噌を作っても味が悪いから、なるべく良い種類を作っている。良い種類というのは多収穫のものをいうのだが、私は味のよいものを良い種類と呼んでいる。埼玉のこのあたりの農家でも、現在は味噌を作っていない。たいがいは商店で買うそうである。私の近所でも、十軒のうち、味噌を作るのは三軒ぐらいしかないそうである。去年、はじめて味噌を作ったのだが、村人たちに珍しがられたようである。私のような慣れない農業で作るのだから作るということが不思議に思われたのだろう。普通の農家で作るなら、そんなに珍しいとも思わないらしいが。

味噌は豆と麴《こうじ》で作るのだが、麴も作らなければならないのだ。去年は村の老人が麴の作りかたを教えてくれて、実際には私の家に来て作ってもらったのだが、今年は、何とか作れそうである。豆は「シャッキンナシ」という種類を、以前は作ったそうである。「借金ナシ」といって、多収穫の豆で、それを作りさえすれば、借金がなくなってしまうそうである。それほど収穫量が多いが、これは味がまずい種類である。「イタチ」といって、サヤにイタチのような色の毛がある種類も多収穫だが、これも味がよくないそうだ。

私の作るのは「オクオージロ」という豆で、日に干しても青い色の豆である。これは収穫量はよくないが、味がよい種類で、害虫もつきやすいし、枝が張るし、晩秋にならなければ収穫できない。作りにくく、損だが味がよいので、私はこれにきめている。

この「オクオージロ」は秋おそく葉が枯れ落ちて、サヤも枯れ色になってから集めて、ムシロの上でたたいて、サヤから実を出すのだが、この豆ぶちが私のたのしい仕事だった。

豆をたたく棒は、先の小さい棒だけがクルクルまわって豆をたたくのだが、これは原始時代のたたきかたではないかと思うほど、素朴な、単純な方法のたたきかたである。私は、もっと原始的で、ムシロの上にすわり込んで竹の棒でたたくことにしている。豆たたきの棒は力が必要だし早くしなければならないのだが、私のテンポはのろいので、ただ竿《さお》でたたくだけである。

去年、私がこの方法でたたいていると「山椒大夫《さんしょうだゆう》だな」と、アシスタントのミスター・ヒグマにいわれてしまった。ムシロの上にすわって竹竿《たけざお》で豆をたたくその姿が、うしろから見れば、なんとなく哀れな姿に見えたのだろう。私のたたきかたは軽く、のろく、森鷗外《おうがい》の『山椒大夫』の小説に出てくるめくらの老婆がスズメを追う棒の振り方に似ていたのかもしれない。そんなことをいわれると、私のほうでも山椒大夫の老婆になったような気分になってしまってのんびりとたたいてしまう。豆をたたくことは、哀れな気分ではなく、楽しい仕事なのである。人間の姿というものは、ほんとに楽しいときには哀れなほど気分の落ちつくものではないだろうか。

いつだったか「いやに、たのしそうにやってるね」と声をかけられたことがあった。そういったのは農家の老人で、おそらく、豆をたたく私の姿が喜んでいる姿に見えたのだろう。やはり、農業をやっている人の目は農仕事には鋭いようである。

豆ぶちが終わると箕《み》でゴミをおとすのだが、これもまた、私にはおもしろい作業である。箕は今は、おそらく、農家だけしか使わない道具だろう。よその家で箕を使っているのを見て、私も使ってみたいと思った。

豆を作ると、それが必要になったので買ったのだが、たしか、七百円だったと思う。この土地では箕とマスはお嫁さんが持って来ることになっているそうである。嫁に来て一年たつと、実家から箕をとどけることにきまっているそうである。二年目には、マスをとどけることになっているそうである。箕とマスで「ミマス」というゴロになるからで、きっと「めんどうをみます」という意味に通ずるからだと思うが、だんなさまのめんどうをみるというより、しゅうとめのめんどうをみますの意味だろう。コッケイのようだが、因習のにおいのあるゴロである。

私には、そんな意味もないのだから、自分で買ったのだが、マスも必要なので買いに行ったときだった。たしか去年の十一月だったと思う。マスは薬局で売っていて、「こんど、メートル法になったので一升マスはありません、リットルマスです」といわれたので「しまったッ」と思った。私の近所では一升マスを使っているので同じ升でなければ困るのだった。それでも、なければ困るのでリットルマスを買ったのだが、私の村ではリットルマスはまだ私だけだ。

取り引きのたびに、一升をリットルに直して計算しなければならないのだった。

味噌

自給自足を旨としているので、味噌も自分でつくることにしている。

原料の豆は、オクオージロである。味噌の原料にするのは煮豆にしておいしいのが良いといわれるが、オクオージロは枝豆で食べても、枝豆専門のよりも味がいいようであった。「昔はカキハダカっていうのがありました。こんな小さい、アズキ粒ぐらいのもので、それで豆腐を作っても何丁もできた」と聞いたが、「白花」がうまいという人もいる。

新種で「白鳥」という枝豆を、近くの種屋さんにすすめられて百円ほど買ってまいたが、これは枝豆にしても、煮豆にしてもおいしい。「枝豆の息子」というくらい枝豆の好きな子供が親類にいて、彼が夏休みに来るというのでたくさん作っておいたのだが、来られなくなって食べきれないまま豆は固くなってしまった。煮豆にして食べたら味がよいので来年はこの豆で味噌をつくってみようと思う。

味噌をつくるのは、二度目なので自分でできると思ったがやっぱりつくっている人に手伝ってもらった。

前の前の代のひとが味噌や醤油を作って商いをしていたという家のひとで、麹《こうじ》をつくるのも上手である。

「麹は、カヤを吊《つ》っている間につくれ」と昔のひとはいったそうである。

「お宅のお父さんが、そういったの？」と聞くと、

「うちのおふくろが、やっぱり、こういうことは女の仕事で、うちのおふくろはうまかったんです。おふくろはおばあさんに、麹ちゅうものはカヤを吊ってるうちにつくらなきゃだめなんだってよくいわれたらしい」ということである。麹は作って、すぐ味噌に入れるのが一番いい、その方がうまいので、「麹をつくったら、すぐ明日仕込め」と、せかすようにいうのは、ちょうどカヤを吊るころは農家は忙しいためであろう。

農家では、昔は味噌をみんな作ったが、いまはほとんど商店から買っている。

「お宅は味噌は？」と古くから農業をやっている人に聞くと、たいてい「うちじゃ買うんですよ」といって、「この辺じゃ、三軒ですね。作っている家は」と教えてくれた。

いま使っているのは昨年の三月につくったものだが、麹くさいようである。春炊いた味噌はいつまでも麹くさいのだろうか。心配していたが、ふた土用を過ぎるとにおいはとれ、塩からいのもやわらかく舌ざわりがよくなるといわれた。

一樽《たる》は味噌漬専用にして、大根やキュウリを漬けこんだ。味噌ができるに従って漬けものの方もおいしくなる。

大根はあまり太いのはしみこまないからだめである。大根はちょっと干してから入れるのが良いようだ。水が出るからである。

「ナスやキュウリはぬか漬けにして、すっぱくなったのを、よく洗って味噌につけるとおいしいですよ」と教えてもらった。そうすると味噌もまずくならないからということだが、私は味噌漬の味噌は使わないことにしている。

味噌漬なら白ナスがうまいですよとすすめられた。白ナスは、うちはたいへんなものだった。実《な》って実って、毎日とってもとっても、実り過ぎるので困ってしまうほどであったから、ことしは一本にしようと思う。

白ナスは味噌汁にいれて使ったのだが、ダシがでておいしかった。味噌汁にしておいしいものは、味噌と味が合うので味噌漬にしても美味《おいし》いだろう。

ネギは十五夜

農業の秋は、「取り入れ」と「種まき」である。秋の種まきは来春の苗を作っておくので、秋の種まきのほうが春の種まきより多いようである。取り入れも秋だから、百姓は秋が一番忙しいのではないだろうか。私の種まきは去年のメモを見て、菜は何月何日、ネギは何月何日と、だいたいのまきどきを知るのだが、本職の農家では、そんなメモなどはない。ほんとに、私はそれをステキに思うのは、彼らは種をまく時を身体《からだ》で知っているのである。メモの日付けでは、その年によっては気候のちがいもあって、暑さがおそくまでつづく年、または、寒さが早く来る年もあるのだが、身体で知るのは理想的なのである。涼しい風が身体にあたると、「ハクサイをまこう」と知るのである。

菜も種類が多くあって、白菜から京菜、ホウレンソウまで。白菜にもいろいろな種類がある。また、白菜は種類ばかりでなく食べごろ——出荷の時季でもちがうのだから、日記のメモなどではしるしきれないほど複雑になってしまう。肌寒い風が身体に当たると、ムギをまこう。ムギをまくなら、豆を取り入れてから、そのあとにまこう。そのころ、たんぼは稲刈りが終わって、黄色いアゼ道に稲の穂がこぼれているのである。種まきの時を身体で知る彼らは、また作物の中からも、それを知るのである。

まず、春の麦刈りの前に、麦の中にサツマイモの苗やナスの苗を植えることから始まるのだが、どれが初めで、なにで終わるのではない。おそらく、その人が生まれたころから、背負われた幼い日から始まる土との生活、その父や母たち、そのまえの父や母たちから、続けてきた初めも終わりもない大地とすごしてきた日や月には、おそらく春も、秋もなかったのである。それは、つぎつぎとまわってくる輪廻《りんね》の生活なのだと思う。このステキな土との輪廻を、私はうらやましくてたまらない。

彼らは、そのほかに格言のような月日を知っているのである。「タカノの施餓鬼《せがき》にまけば取りッぱぐれはねえ」というのはタクアンダイコンをまく時だと知っている。タカノはどこだか私は知らない。どこか、この付近の寺の行事だろう。その日に冬のつけ物のタクアンにするダイコンをまけばいいのである。

たしか、八月二十三日だと思うが、その日を知らなくても、野道を行く村人たちが目につくのである。「どこへ?」と聞けば「タカノの施餓鬼に」と答える人たちなのである。その日は知らなくても気がつく、そのころの人出なのである。

秋になって風が冷たくなればネギは柔らかくなって味がよくなるのだから、そのころになると、どこの家でもネギを食べはじめる。都会では、いつでも八百屋で売っているが、農家ではネギは秋にならなければ食べない。

細いネギを作れば春も夏もネギは食べられるが、細いネギは薬味の程度しか作らないのも、彼らはその理由を知っているからだろう。

ネギは秋から食べはじめて、次の年の四月ごろまでつづくのだから、五月から八月ぐらいのあいだは、食べなくてもいいのだろう。

ネギをおいしく食べ続けるには、飽きないことも料理法ではないだろうか。それほどネギは、あるあいだは食べ続けるのである。

そのネギは秋、苗床にまいて来春四月ごろ定植するのである。「ネギは十五夜」というのはネギの種をまく日のことだが、不思議なことには、陰暦の八月十五日も「ネギは十五夜」で、十三夜の九月十三日も「ネギは十五夜」といって、ネギの種をまく日にきめているのは、十五夜から十三夜のあいだは、いつでもよいということだろう。十五夜も十三夜も、ネギの種まきを忘れさせない約束の日だと私は思っている。秋の種まきは春の収穫のもの、ネギからエンドウ類まで種類は多いので、忘れることもあるようである。

「去年、まきッぱぐれた」と、よく聞く言葉は、去年のまき時にごたごたごとがあって、種まきをしなかったのだろう。

私のまいたネギ苗はわりあい上手《じょうず》にできたようだった。春の定植のころ、「ネギ苗があったらほしい」といわれたので、私は驚いた。慣れない私の苗を、農家の人が頼みに来たからだが、「去年、まきッぱぐれた」のは家族に病人があって、入院をしたので種をまくのを忘れてしまったのだそうだ。

私はびっくりしたが、うれしくなった。なんとなくネギ苗に自信ができたように思えたからだった。そうして、この秋はネギも上手にできたのだが、来年のネギ苗――今年の十五夜にまいたのは、よいできではないようだ。いちど上手にできたが、次はダメなのはやはり、慣れないからだろう。そう思っていると、「百姓だって失敗することもありますよ」といわれたので、これも私には意外だった。土と共に生きている、慣れた農家の人でも、失敗することがあるそうである。

だから私が失敗することなど、当たり前のことだが、農業は簡単なようだが、案外むずかしい作業かもしれない。うっかりすると失敗するので、一生懸命にやらなければできない仕事だと思っている。

春早く、二月の末頃は風が特別寒い。ジャガ芋はこの頃まくのだそうだ。

近くのおじさんがジャガ芋の種を持ってきてくれて、「じゃがたらは、ちょうど、足の大きさ分の間隔に植えるんですよ」と教えてくれた。

「はあ、じゃあ、十一文だったら十一文の間隔で、植える人が十文三分だったら十文三分でいいんですか」

「そうです。植える人のね、足の幅で——」

〈じゃがたら十文半〉——また一つ、私の農業の知恵がふえた。十文半はいま23センチだか24センチとなっているが、ジャガイモ23センチでは何となく落ち着かない。ずーっと昔の人がじゃがいもを植えながら考えた知恵はやはり、ずーっと昔からの言葉で表現した方がいいようである。九文の人が植えるのと十一文の人が植えたのでは、ずいぶんと開きがあるようにも思えるが、作物が育つのはやはり植える人の植え方によることが大きい。だからそのくらいの足の大きさの違いなどは関係なく、じゃがたらはみのるのである。

「じゃがたらは十文半」——土の中からわいてきたような言葉だと好きになった。

ネギは十五夜で、じゃがたらは十文半、ラッキョーは盆の十六日に種を埋めると16コになるそうだ。なんとなくゴロのいい、農業のリズムというのかもしれない。覚えよく、肌に匂う格言のようだ。

花は咲かないナス

農業は太古の時代からつづいてきたのだから、おそらく、その方法もあまり変わっていないだろう。土をたがやして種をまく、そして、その実を収穫する。だから、農夫たちは二千年も、三千年も、同じことをくりかえしてきたにちがいない。そのあいだに種は改良されたから、良質になったことだろう。ついこないだまで、くりかえしてきた作業が大きく変化したのは、ビニールが出現したことである。

肥料は人糞《じんぷん》、畜糞から化学肥料に変わったけれども、これとても窒素、リン酸、カリの三要素に変わりはないはずである。鍬《くわ》を使って土を掘り返したり、馬や牛に鋤《すき》で耕させたりすることとは耕耘機に変わったが、これも土を掘り返すことに、変わりはないはずだ。だが、ビニールの出現は農業の根本を大きく変わらせてしまった。これは農業の進歩、発達のように思われているが、私はそうは思わない。ある意味では悪魔に魅入られた農業とでもいいたいと思っている。

まずビニールは野菜作りに利用されて、作物を大きく変化させた。ナスは四月終わりごろ苗を定植して、実の成るのは六月の下旬ごろときまっていたのだが、ビニールを利用すると、苗も三月中旬には仕上がって、四月初旬には実をならせることができるのである。

ビニール栽培のナスは花らしい花を咲かせない。ふつう蕾《つぼみ》が出て花が咲いて、メシベにオシベの花粉が交配して実がなるのだが、ビニール栽培は蕾のうちに薬をつけて実にしてしまう。自然の法則を破るこのナスの実は市場値が高い。薬は、ほとんど何かの意味では毒薬のはずだと私は思う。

ナスの蕾につけた薬は、二、三日たつと消えてしまう。実になれば薬など全然ないそうだ。薬をつけたから毒がついているのではなく、花らしい花が咲かない実というのに、私は大きな抵抗をいだくのである。

ふつうに花が咲いて実を結ぶのではおそい。「花は咲かないナス」は私たちは笑って食べない。だから私はそんな作りかたはしていない。

キュウリなどは大きくなる実を薬で抑制して小さいままにする。大きいより小さい方が市場値が高い。これも、なんとなくコッケイな味ではないだろうか。種なしブドウなどはなんかの薬につけて種を失わせる方法だから、生殖不能にしてしまうのと同じである。小さい実の房を、そうしてしまうのだから人間なら、さしむき避妊薬の結果、サリドマイド奇形児にしてしまうのと同じだと、私は思う。

薬だけの発達では、これほど大きく変わらないだろう。薬の進歩がビニールの出現と結んで、ますます農業を変えてゆくようだ。

そうした市場から買う者たちは、キュウリでもナスでも、真実の時季を知らない。これはキュウリやナスの真実の形態を知らないことだと思う。

私がもっと驚異に思ったのは、植物は養分を根から吸収して、地上の葉は日光を吸収するものだと思っていたが、このごろの方法は、葉に直接肥料をかけてしまうのである。ある種の肥料を水にまぜる。その中に消毒薬もまぜる。それを噴霧器で葉にかける。消毒と施肥の一石二鳥である。手間ははぶけるが、葉に直接施肥するのはどうだろうか。そうした葉は二日か三日で、ぐんと大きくなる。しかし、おそらく根から吸収できる限界を越えてしまうことは、どうだろうか。胃袋に消化しきれない多量の食物を入れたのではなく、貧乏人が持ちつけない大金をいだいたのと同じではないだろうか。それは不合理などという封建的な意味ではなく、どこかにバランスがとれない植物ができ上がっているのではないだろうか。

ビニールや薬が農業を変えたのを、進歩だとばかりはいえない。悪魔に魅入られた農作物だと、私はきめている。時季はずれの野菜は、どこか無理な過程を経ているのではないだろうか。自給自足で間に合わない野菜は、なくてもよいではないだろうか。昔の人のいう「シュンのものを食べるのがいちばんうまい」の「シュン」は、「旬《しゅん》」で、時季のことである。時季はその植物の出さかりの時季をさしている。時季によっては、なくなるから、その野菜は次の時季に新しく味わえるのだ。

春のイチゴはビニール・ハウスで作られて、これは三月下旬から食べられる。畑のイチゴは五月中旬ごろがシュンである。ビニール栽培のイチゴと畑のイチゴの味をくらべれば、よくわかることだが、味も光沢も畑イチゴのほうが段ちがいにうまい。その畑イチゴのシュンは一週間か十日ぐらいしかない。わずかな日数だが、それがイチゴの味だと私は思う。

イチゴはシュンに終わって、次の年のシュンにまた現われる。それは、新鮮で、珍しいのである。ナスもキュウリも、それと同じではないだろうか。

畑の中のお茶

秋の田の穂の上《へ》にきらふ朝霞《あさがすみ》、何処辺《いつへ》のかたにわが恋ひ止まむ——は万葉の歌人の読んだものだが、たしかに、この歌は女性の心理かもしれない。女性だけのものかもしれない。秋の朝どこへともなく消えて行く霞《かすみ》のように、自分の恋も消えてしまうとなげいているようだが、百姓は霞を見て、そんなことは思わない。私などは朝の霞のたなびいているのをながめれば、空腹を感ずるのである。霞のある朝などは、空は青く、田や畑は晴ればれとしている日である。雨の日や風の日などに霞は立たない。晴れた日などは、手をつけたい農作業ばかりなので「きょうはよい天気だ」と思う途端に腹がへってくる。

いつだったか、私の畑のむこうの梨畑に、白い煙のような霞が、帯のようにひろがっているのをながめたとき、私はこの歌を思いだした。その梨畑には村の女のヒト——若いおばさんが仕事をしていて「お宅の梨畑のところに、とてもきれいなモヤが立っていますよ」と話しかけると「あれ、ここから見ればあんたの家の軒のところにモヤがいっぱい」といっていた。私たちは、霞も霧もモヤである。もし、この梨畑の女性に「あの霞をながめれば自分の恋の行方のようだ」などといったりすれば、気違いだと思うだろう。

霞を見て恋を思うなどとは思いもよらないことで、万葉の歌人は、よくよくセックスのことばかりを考えていたことだろう。それとも、そのころはセックスより外におもしろいことはなかったのかもしれない。現代は、いろいろな娯楽があるので、恋のことなども終日考えてはいないようだ。

畑や田んぼのお茶どきはのんびりした景色だ。

私が好きなのは、畑の中のお茶のみは時間に制限がなく、一時間でも二時間でも話をしていることである。その話題は政治でも文学でもない。また世間話でもない。どれもこれも作物のことばかりである。その話のうちに私のする仕事はでき上がってしまうのだ。

井戸ばた会議のようにムダ話でなく畑の中のお茶のみ話は農業教習所だと思う。

このお茶のみ時間には、ときには握り飯なども食べることがあって、これは三度の食事以外の食事である。私は一日二回の食事だが、これも近いうちに、食事は三回にしなければ、腹がへってたまらなくなるかもしれない。

農業は朝早いので、私の家では一仕事終わってから、朝食だから、朝食は十時ごろで、夕食は五時ごろになっている。いつだったか、昼飯ごろ、知人の家に行ったことがあった。用事があって、話をしていたのだが、途中で、「ちょっと、ごはんを食べますから」と、そこの主人は横の部屋に行った。その部屋とは障子が境になっていて、そこで「ザーッ」と水が流れる音がした。たぶん、そこは台所で水でも流したのだろうと私は思っていた。そこの主人は、すぐまた私のところへ来たのだが、もう食事はすんだのだった。ザーッと、台所で水を流したような音は、食べる音だったのである。ほんの、二、三分といいたいのだが、三分とはかからない。二分もかからないだろう。あとで、知ったことだが、ミソ汁の冷たいのを冷たい御飯にかけて、さーっと食べるのだそうだ。歯でかむ音もしない。水の流れる音と同じなのだ。

私が農業では素人《しろうと》だと思うのは、この食事の時間が長すぎることだと気がついた。

私たちは、ゆっくり食べるので時間がかかってしまう。さーっと食べれば、消化がよくない、唾液《だえき》がまじらなければ、食物は胃にはいっても消化しない、などということは、ウソだそうである。ざーっと水を流すように食べても、唾液はあとから胃の中にはいって行くそうだ。唾液は口から絶えず胃の中にはいっているものだそうである。私の食後の休憩は一時間も二時間も長い。

「うちでも一日三回食べることにしよう」と私がいったら、「それじゃ、飯の時間だけでも三時間も四時間もかかるべ」といわれたが、三回になれば、時間も早くなるだろう。

私は飯を食べながらおしゃべりをするのだが、本当の農業の人は、飯を食べながらおしゃべりなどしないようだ。おしゃべりはお茶の時間だけらしい。

えびす講

十月十日は「とうかんや」といって、どこの家でもおはぎを作る。

「とうかんやのおはぎですから、どうぞ」

と、わざわざ持ってきてくれる。それは、まんまるくて、大きいおはぎで、一つ食べて、おいしいのでもう一つと食べはじめると、もうすっかりお腹がいっぱいになってしまって、一日中お腹がすかないのである。

「むかしは、はあ、十月十日の夜には、ナワでなったものを持って、〝まきわらでっぽう、とうかんや〟といいながら、おはぎを盗みに行ったもんです」

と六十を過ぎたヒトが話してくれた。どこの家でも庭先に、稲束を二つ置いてその上に五つか六つ、おはぎをドンブリにいれてそなえてある。それを子供たちが盗むのだが、盗むといっても一つの行事だから、盗まれるようにわざわざ置いてあるようなものだ。

「おはぎは食べて、あとのドンブラはまた返しにいくんですが、大きい子は小さい子にそれをいいつけるんです。小さい子は行ってみつかるといやだから、ドンブラはそこまで持っていかずに、どっかその辺に置いてきちゃうんです。そのうちに、ドンブラまで持っていかれちゃうんじゃ困るって、半紙の上に置くようになりましたがね」

それも現在ではやらなくなって、子供たちはもっぱらテレビにかじりついている。「まきわらでっぽうとうかんや」とワラをたたきながらうたって歩く子供たちの声で、みのりの秋を知るという行事だったのに、いまはいつ田んぼの稲がみのり、柿が色づき、秋が訪れたかを知る境目のものがなくなってしまって困ったもんだとむこうのおじさんは、

「まったくテレビ専門で、テレビテレビで困ったもんだ」といっていた。

それでも、十月十日は朝早く、もう七時ごろには作って持ってきてくれるほどだから、「とうかんや」のおはぎづくりは、どこの家でも暗いうちから起きるのだろう。

いままで農業に生きてきたなかで、一番よかったなあ、うれしいなあと思ったことは、どういうことですかと或る老人にたずねた。

「私は現在、十八歳でスキ・クワ持って、六十七歳です。一番よかったことを話すにはつらかったことを話さなければわかってもらえんでしょう」といって、一番つらかった話をしてくれた。それは、田んぼのアゼに、クロといって土盛りをする作業だったそうである。これは天候に影響されて、三月から四月へかけて、雨が降らなければ、二斗か三斗入るオケの中に水をい

れて天びんでかついで運んで行く。かわいた土に水を含ませて、その土を盛りあげる仕事だ。

地下足袋は泥土がくっついてしまうので素足でする。

「はしゃいでいるところへ水を入れるものですから、足にくっついちゃいまして、カマジャクシでもとれないんですよ。ハダシで、コッチャカコッチャカ、一週間くらいやるのが、いちばーん、つらかったですねえ」

それが、ここ二、三年のうちにコンクリートでそれをかためるようになり、コッチャカやるクロつくりは終わってしまった。コンクリートにする場合、県から一、二割の助成金が出て、そうなると当然こんどは町からも補助金が出て、六割か七割で立派なものができることになった。

「これは、六十七歳で、もう田んぼへ出ませんけれど、夢みるよりうれしいですね。ああ、もうあのつらい田んぼのあぜつくりをしなくていいのだと思うと、ほんとうによかったなあー」

とつくづく思うと話してくれた。

一番うれしいことは、十月二十日の戎講《えびすこう》だそうである。その前にたいてい「ほうがけ」をして、その家でとれた新米をはじめてたいて食べる。町へ行ってさんまを買ってきて、ケンチン汁を作り、本家でやるときは分家を呼び、自分の娘の嫁ぎ先の家族を招待したりして、本当の知己だけが集まり、できるだけのご馳走をして、これはたいてい、米のめしにさんま、ケンチン汁ときまっているようだが、そうして、新米のとりいれを喜び祝う農家の行事である。えびす講は、たいていこの「ほうがけ」のすぐあとで、十月二十日と決まっている。おえびす様と大黒さまにおみき、新米のごはん、みそ汁、それから魚など、大体五品ぐらいをそろえて膳をつくりそなえる。

この日、家族中が集まって、

「ことしは、ダレソレのところでは五十俵ぐらいとれると思ったが六十俵とれたそうだ」とか、

「ことしの米は、どうもよくなかった。原因は……」などと、新米の話でにぎわう。

「オヤジから、お米がとれたのは、おめえらが一生懸命やったからだといわれて、おめえらにも二俵分、小遣いにやろうってね。これは、その年の豊、不作によってちがうわけですが毎年くるわけです」

いってみればボーナスのようなものだが、これをもらったときは、正月の小遣いに一万円もらうよりもうれしいという。

たとえ米一俵でも（これは現在約七千円ぐらいと考えていいそうである）、自分たちが一生懸命やったからとれた米をもらうのは、百姓でなければ味わえないうれしいことだそうだ。

おえびす様と大黒さまにそなえたお膳は、さげてきて家中で全部それぞれが高い値段で買う、といっても金は出さないで言葉だけで大きなことをいう。

「米は、ことしは値上がりだから、二億円で買いましょう」

「じゃ、みそ汁は五千万円で買いましょう」

「魚は――」というぐあいに、二膳しかないので大きな相場をつけて買う。買ったものはその場で食べなければ、神さまに叱られるそうだから、たいへんだ。

「子供たちは、正直だから腹いっぱい早くからご馳走を食べてしまうので、フウフウいうんですよ。リンゴを五百円で買うナンテ孫がいうもんですから、何だ、そんな安くちゃダメだ何十万円ていえばいいと教えますと、そんなことといったってお金がないっていいますよ」

と説明してくれた。そういえば、

「ことしは、うちでは梨が百万でた」とか大きな話をしている人のことを、

「ヤツはえびす講のようなハナシをしている」といっているようである。

ふだんは米のめしと大根汁かイモ汁などで、きわめて簡単に食事をすませているから、秋はこうした行事がさかんなのだということである。

独立記念日

私のところに来る手紙で多いのは「農業をやりたい」という希望だ。それは都会の人にきまっていて、そのほとんどがハイティーンか、二十歳ぐらいの若い男女である。都会の若者は喫茶店などが好きだと思っていた私には、意外だった。夏などは、テントを持ってきて私の家のそばの土手に泊まるしたくまでして来る連中もあった。

いつだったか、知人の紹介で「農業をやりたい」という高校生が来た。そのとき草とりをしてもらったが、ほんのちょっとしか草とりをしない。腕をくんで、ぼんやり畑の中に立っているのだから私は頭に来た。「よォ、腕をくんでながめているだけじゃ農業をしたんじゃないよ」といいながら近寄って行くと、「やっていいますよ、実にいい気持ですよ」といっている。妙な男だなと思ったが、あとで、彼の話を聞くと、畑の中に立っているだけで、農業をしているような気持になってしまったのだった。

よく考えれば、それはなんともいえない純粋な農作業ではないだろうか。好きな食べものはにおいをかぐだけでもいい、それに似ているのだ。私の想像できない農業なのである。農業をやりたいなどという考えは、老人趣味のように思っていたが、スモッグの都会の若い人にも農業趣味があって、それは現実とはちがう農業になってしまう。「よかんべえ、ぼーっと畑に立っていて気分が出るなら、いいだろう、パチンコや喫茶店に行くより」と、私は彼の農作業に敬意を表したが、私なども、ほんとの農業の人が見れば、この高校生の農業と同じように見られるかも知れない。

二年前の十一月八日に、私は東京からここへ来て初めて農業をやりはじめたのだが、満二年間といっても、春が二度、秋が二度しかたっていない。はじめの春と秋は、ほとんど夢中だった。まいた種は果たして芽が出るものかと怪しんだほどだった。はじめの秋も、それと同じで収穫も種まきも、教えられてやったことだから、引き写しの習字のようなものだった。二度目の春とこの秋が、やっと自分の考えを入れながらやったのだから、ほんとの実力は来年からではないかと思っている。

こないだ、十一月八日は越してきた日なので、「独立記念日」と、私は名づけた。独立記念日だからカーニバルだ。謝肉祭だから、田んぼの中でバーベキューはどうだろうと、ミスターたちと畑の中で、バーベキューをやることにした。ここでは牛肉は売っていない。豚肉しかないが、「バーベキューだから牛肉を、独立記念日だからシミッタレルナよ」と八キロも遠くへ牛肉を買いに行った。そうしてバーベキューをやりはじめたのだが、「さあ、食べよう」としたときだった。気がついたのは畑の中でバーベキューはできないということだった。それは意外な邪魔者が、われわれのバーベキューを荒らしに来たからだった。

こんなはずではなかった。私たちの予定にない畑の中のバーベキューを許さない法則――それは野犬が集まって来ることだった。二匹の家のイヌはつないでしまったが、野犬が来ると騒ぎだした。野犬を追いはらいながらバーベキューなんて、いやな感じだった。

野犬も食べたいだろう。ほえれば、もっと遠くのイヌもほえて、おそらく、イヌたちは何があったのだろう、どんなうまいものがあるのだろうとうらやんでいることだろう。

結局、私たちのバーベキューは家の中へ退散してしまったのだが、それでもイヌたちはかなり騒いでいた。

かくして不意の闖入者《ちんにゅうしゃ》たちによって、畑のバーベキューは失敗に終わったが、ここには愛《あい》嬌《きょう》のある美しい闖入者も訪れる。畑には野ネズミが多い。

ラッカセイやイモを食べる農業の敵だが、野ネズミたちをねらうイタチもまた私たちの目の前に現われるのである。イタチはミンクのいとこといわれるだけであって、こげ茶の美しい毛を持っている。愛嬌があるのは、イタチは私たちの顔をにらみつけて逃げていくのである。なんとかわいい目つきだろうと私は思う。

ここ――埼玉の県獣はテンである。テンは私の畑には姿を現わさないが、イタチはひるまでも畑の中を運動場のように遊んでいるときなどもあって、秋の草木の枯れ落ちるころに、よく目立つのだ。草や野菜が茂っていると目につかないが、秋から冬にかけて彼らのかわいい姿が現われる。イタチは走るのも早く、道を横ぎるときなどは、羽根で舞うように早い。畑では遊んでいるような動作だが、道を横切るときは交通戦争と同じかもしれない。「イタチは最後ッぺをすると村八分になる」と教えてくれたのは、この村の老婆である。身を守る武器である放《ほう》屁《ひ》をすれば、そのイタチは仲間たちから村八分になるのは、やはり、においが自身にもしみついて仲間にきらわれるのだろう。「よく知っていますねえ、イタチの仲間のことを」と私は、その老婆に聞くと、「わしの親たちがそういっていた」と答えたが、だれがそんなことを発見したのか知らない。おそらく、遠い先祖のだれかが発見したことだろう。そんなに、ずーっと以前から、ここの農業はつづいているのだ。

遊ぶことも仕事のうち

農家では畑仕事ができない日――雨や風の日は一見、休みの日のように思われそうだが、休んでいるわけではない。

畑仕事以外のことをしているだけなのだ。

勤労感謝の日は一年に一回しかないが、実際にはサラリーマンは週一日の日曜があるのだから、それは完全に休むことができるのである。だから農家とくらべると、サラリーマンのほうがはるかに休日が多い。働いている日も農業では朝早く六時か六時半ごろから働いて、夜は八時ごろまで仕事をしているようである。勤め人の八時間勤労どころか十四時間平均になるし、日曜がないから、くらべものにならない。

いつだったか、農家のおじさんが「米の値って、年間百万も収入があれば、日曜には休んでもよい」と笑いながらいったが百万円の収入の中には肥料代も農耕機の消却費、荷造り、運賃も含めているから、実収入は八十万か七十万ぐらいだろう。(1967年頃)年に一回の勤労感謝の日にも畑では農作業の姿が見えるのは、やはりその日にも休まない。農家では、その土地によっては毎月、一日、十五日、二十日と三日間を休み日に決めているようだが、ほとんど実行されてはいないようだ。やはり農家は忙しいからだろう。

農家はいくら働いても仕事はなくならない。あるお百姓さんは「働けば働くほど忙しくなる」といっていたが、それはほんとだと思う。私の知っている農家で、そこの主人は有名な働き者である。いつだったか、そこの奥さんと話したとき「うちのとうちゃんは働き者だ、働き者だといわれるが、働き者というのは一人で働いて妻子を養っていくのに、わたしの家ではむすこもわたしも働いているのですから、働き者ではないですよ」とその奥さんがいったが、そういう理屈もなりたつようだ。勤め人の妻は仕事はしなくてもよいが、農家の主婦は食事仕事をして、そのほかに農業をしている。それで日曜がないのだから、かなり損をしているはずだ。

だが、これは、自分の仕事の自分勝手な働きかたをしていると私は思う。農家で「日曜を休みにしよう」などといえば笑い話にしかならない。サラリーマンには日曜日があってそれでも勤労を感謝しているのだから、農家ではもっと勤労ということを重視してほしいものだ。ほんとに働くことを感謝すれば、そんなに働けないはずだ。

農家の長男には嫁にくるものが少なく、三十歳すぎてもまだ結婚していない者がかなり多い。これは「嫁ききん」と言われている。

作物ばかりよくできても、嫁がなければそれも「ききん」の一種ではないだろうか。その理由は、勤労過多だけだそうだ。それでも農家ではあきらめようとはしない。

なぜなら、勤労は働くことではなく、生活の動作と同じ考えでいるからである。

ミツバチやアリがせっせと働くのは、実は働いているのではなく、天性の動作になっているのだそうだ。モズが木の枝にカエルを刺して干場にするのは、冬のえさのしたくではなく、そういう天性だそうだが、農家の勤労もそれと同じではないだろうか。

勤労感謝の日に、ほんとうに考え直さなければならないのは、農業の人たちだろう。

月給取り生活を農家ではうらやんでいるが、勤労精神の真の意味を知らないからではないだろうか。働いて、遊ぶことが大切ではないか。

遊ぶことも勤労のなかの一コマだと思う。

晴耕雨音

雨の日は傘をさして野まわりをするという人の話を聞いてすごいなあと思ったが、私はやっぱり雨の日はたいてい家の中にいて、ときどき畑をガラス戸ごしに眺めて、晴れたらあそこの草とりをしよう、それからあれとあれをやってと考えたりしている。

雨の日に寄ってくれた村の人から、「晴耕雨読ですね」といわれたが、部屋のあちこちに本が置いてあったためだろう。

「いえ、晴耕雨音《うおと》ですよ」

雨の日は、ギターをひいている。だから雨読ではなく雨音なのだ。

いま「紡ぎ唄」という曲を練習している。糸車のやさしい響き、北風の吹きすさぶ中でも静かにまわっている糸車といっしょに聞こえてくる老婆のうたう紡ぎ唄——北風のところは、何度も何度も練習をする。

この曲は私の兄弟子にあたる人が作ったものである。たくさんの美しい曲を残していった。

太平洋戦争で、戦死した。戦争で失ったものの中でもっとも大きな損害だった。

いま、ギターがはやっているが、聞く曲はほとんど外国のものばかりで、それはそれでいいのだが、この人の作曲したもののすばらしさが残念で、私は何とか上手《じょうず》に弾けるようになろうと練習しているのである。譜面の片隅に、私は彼の日記から書き抜いた言葉を記しておいた。それは決してうまいものではないけれど、いかにも純朴な青年の詩のようで、「紡ぎ唄」をうたっているようなのでそれを見ながらギターをひく。

「母に手をひかれて
夜更けの使いの帰り途
淋しい冬の田舎道
とある農家で糸車の音が聞える
老母らしい農場の唄が
単調な糸車の響に和して聞える
寒い夜更けだ
木枯しがひとしきり吹いてゆく
杳《とお》い幼い日の想い出は

都会の片隅で
劇《はげ》しい生活の疲れに息吐《つ》く時
何時も更生《よみがえ》って来るのだ」

ギターといえば、この間の夜、突然、見知らぬ青年が二人、訪ねて来た。知人の名をいって、その人から紹介されたのでギターを持って来たからみて欲しいというのだった。

「Mさんとこの？ ギターをうまーく作る息子？」と私は聞いた。いつかみせてもらったことがあって、それはうまくて、前途有望だと思った。その後、どういう楽器を作るかというのを楽しみにしているのだ。

「本人じゃないんです。ボクのアイデアをいれてその人が作ったんです」と青年はいった。

「学校の先生をやっていたんですが、ムチ打ち症で、ええ、例の交通事故で、それでどうにもならないので、ギターの設計をして、これは設計がちがうんです。ボディーの側面板が厚いんです」弾いてみて欲しいということである。

「ミスター、鳴らしてみて？」私は来客中だったので隣の部屋で聞いた。なかなかいい音がする。ちょっと五弦がNさんのに似ているな。

「ギターなんて不思議なものですね。人によって、いろんな人が日本でも作り出したけど、全部音がちがいますね。マネのできない下手《へた》さがあって、それは二十年たっても直らないんですねえ」客人は遠慮したように帰った。ミスターがギターを持って来た。

「日本人としては、うまいギターだぞ、ここまで持ってくるだけの……」私は受け取って弾いてみた。

「人が違ってひくと、また音がちがって聞こえるのね」自分のギターと交互に弾きくらべた。

「わかった？　自分の楽器の音。いまのがあなたので、先にフラメンコひいたのがボクのです」

「先生のギターは何ですか？」

「ヤコピです。この間、Kさんがベルギーで一等に入ったのを持って来て、ヤコピとくらべていきましたよ」青年は、もう一人の青年を友人で碁の先生だと紹介した。

「いくつ作ったの？」

「はじめてです」

「それまでは？」

「全然――。カンで」

「いいギターですね。でもこの音と、この音がどうもね。胸に響いた音が……ちょっと、やっぱり難をいえば難ですね。これと、これがかたい感じですね。五弦と四弦が。これも、これもいいですね。ふつう三弦がわるいんですけど。日本人独特のウチワダイコみたいなところが、何か、ありますね。四弦と五弦がむずかしい」

グランド・ギターというそうである。胸に当る部分が幅が広く、演奏のイスにすわって弾く場合はぐあいがいいらしい。この青年が設計したものを、Mさんの息子が作ったということだが、前にみせてもらったのは、ひょっとしたら外国品を買って来て、はがして作ったのかナと疑いをもつくらい、それくらいよかった。

「彼も一緒に来たかったんですが、低血圧で、いまちょっと……」

「この息子は、ボクはだまってみてるの。この人は、うまくなると思ってね」

「熱心ですし、うまくなると思います」

話を聞くと青年は音楽学校の先生で、ギターを教えていたという。それなら、ボクは弾かなかったのにといったら、いえ、ムチ打ち症で、この一年、弾いてないのです、といい、弾けなくなったんですと、ボソッといった。その間にこのグランド・ギターを考えたのだそうである。

「二弦の音、三弦の音がいいね」弾きながらいうと、いくつもうなずいている。

「ずーっと作ります?」と聞くと、情ない話ですけれど資金ぐりが……と口ごもってしまった。

「最初はみんなそうらしいよ」

最初は、何によらずうまくはいかない。私の農業も、一年目よりは二年目、それよりは三年目を迎えるいまの方が少しはいろいろなことがわかってきた。若い人たちが、コツコツとギターを作っていくのはたいへんなことだが、現実に続けている人たちがいるし、世界に誇るようなものが生まれてくるだろうと、私はじーっと楽しみに待っているのである。

作物と音楽

いつだったか農業に関係する大学の学生さんが来て、その時、私は草とりをしていた。部屋のステレオから、リトル・リチャードの歌が聞こえてきていた。「野菜なども音楽を聞かせれば成長がはやい」と学生さんがいうので「まさか?」と私は思った。「そういう研究をしている者もあるのです。そういう研究も必要ですよ」と学生さんはいう。半信半疑だが、音楽に関係することなので、私も好奇心を持った。

それから私と学生さんは畑のなかで理屈を並べはじめたが、いつまでたっても話がまとまらない。そばの畑で、近所のおばさんが、これも草とりをしていて、私たちの話を聞いていたそうだ。学生さんが帰ったあとで「あのヒトは気ちがいじゃないでしょうか?」とそのおばさんが私にいった。「気ちがいではないが、あんな気ちがいみたいなことを研究しているんですよ」と私はいった。

野菜にミュージックを聞かせれば、リズミカルな振動で、そよ風が吹いたより、よい影響があるかもしれない。そのことに、私と学生さんの意見は一致したのだが、そばで聞いているおばさんは、私と学生さんでは意見がちがっていて、学生さんだけを気ちがいにしてしまったらしい。「それでも、これからは、野菜を作るにもレコードをかけて作るようになるかもしれませんよ」というと、「それじゃ、金がかかってどうしようもねえ、肥料代だけでも、たいへんだから」と、そのおばさんはいった。

それにしてもミュージックは野菜よりも、土に影響するように、私には思えるのだ。野菜も生きているが、土も生きものだと思う。

鉢の中の腐った土は腐敗のにおいだが、畑の土のかおりは、なんとなく新しい感じである。土に育てられて、植物は芽を吹くのだ。土がかたくなったり、やわらかくなったりするのは、生きているからだろうと思う。野菜の肥料は土に与えるし、水も土にやるのだ。

ある村の人は、土の色を見て耕作者の勤勉、怠惰がわかるという。だから、私たちは地上の野菜を見守るより、土を見守らなければいけないのだろう。土は不思議な生きもので、飼い犬のように農夫たちの自由になる。土たちには兄弟のようなちがいがあるかもしれない。もし、ミュージックを土に聞かせたら、酸性だかアルカリ性だか知らないが、変化するかもしれない。

私はあるとき、あるところで土の中から生まれてきたような人間を見たことがある。そこはある農家の井戸ばたのようなところだった。ひとりの女性が立っていた。生まれてきてもう七十年も八十年もたっていることだろう。黒と白のまざった髪の毛は、逆立つようにのびていて、それはクシやブラシなどあてたことはないのだろう、ぼうぼうと草がはえているようである。額は日に焼けているからだろう、赤黒く光り、目はシワのなかにくぼんでいる。着ているものは着物だが、もし都会人が見たなら、乞食《こじき》ではないかと思うだろう。着古した寝間着のようなものは、りっぱな仕事着なのである。足はハダシで土の上に立っている。

それが人間で、その家の老婆だと知って私は、ぼう然と立ちすくんでしまった。人間は土の中から生まれてきたのではないか、その姿が、そこに現われているのだと、私は怪しみ、歓喜した。神だ。歓喜天《かんぎてん》だなどと思って、私自身がよろこびでふるえるようだ。私は用事があって、その家に来たのだが家の中には、だれもいない。この家の老婆だときめて挨拶をすることにした。私は拝むように「こんにちは」と声をかけた。かなり何回も挨拶して、私の声が通じたようだ。耳が遠いのは世の中から離れる第一歩だろう、孤独になる第一歩だろう、などと思っていると、老婆は「いま、だれも、るすだ」というようにつぶやいている。ハダシの足もとにはヤツガシラの芋が置いてあって、これも土の中から生まれてきたのである。家の柱も土から生まれたものなのだと思ったりする。家のうしろに大きいカシの木がはえていて、赤い南天の実が鈴成りになっている。その南天をながめて「赤い実ばかり見れば土の中から生まれてきたとは思えない」などと私は妙なことを考えたりした。

そのときは家人が留守だったので、あとでミスターに行ってもらうことにした。「いいか、その家には太古時代の神様のような、おばあさんがいるからな、ついでに、よく拝んで来いよ」と、私は用事の外に、そのことをつけ加えた。ミスターは帰ってきて、「鬼ばばあみたいなのがいたよ」という。私とはちがう人間に見えたようだ。「どこにいた?」と私は聞いた。「テレビの前でうずくまるようにしてテレビを見ていた」と彼はいう。そうか、と私は思った。赤い南天の実ばかり見たのでは土を想像しないだろう。

私は畑へ出て行きたくなった。そして家の中で畑の土を見るのと、土の上に立って土を見るのは、ちがうものだと思ったりした。

【初出一覧】

「自伝とところどころ」「民謡漫歩」「鯛の妙味」「子供を二人も持つ奴は悪い奴だと思う」「非行も行いの一つだと思う」「生態を変える記」は徳間書店刊『人間滅亡の唄』（昭和四十六年十月）、「思い出多き女おッ母さん」「母を思う」「初恋の頃はやさ男だった」「思い出多き女おきん」「流浪の手記」「いのちのともしび」は徳間書店刊『流浪の手記』（昭和四十二年三月）、「野まわり」「ワニ皮の腕こそ収穫」「草の春」「八束土手」「農村選挙」「こまぎれ栽培」「豆ぶち」「味噌」「ネギは十五夜」「花は咲かないナス」「畑の中のお茶」「えびす講」「独立記念日」「遊ぶことも仕事のうち」「晴耕雨音」「作物と音楽」は毎日新聞社刊『百姓志願』（昭和四十三年七月）にそれぞれ収められた。

P+D BOOKS ラインアップ

P+D BOOKS ラインアップ

人間滅亡の唄｜深沢七郎｜●〝異彩〟の作家が「独自の生」を語るエッセイ集

アニの夢 私のイノチ｜津島佑子｜●中上健次の盟友が模索し続けた〝文学の可能性〟

象の白い脚｜松本清張｜●インドシナ麻薬取引の〝黒い霧〟に迫る力作

記憶の断片｜宮尾登美子｜●作家生活の機微や日常を綴った珠玉の随筆集

幼児狩り・蟹｜河野多惠子｜●芥川賞受賞作「蟹」など初期短篇6作収録

ウホッホ探険隊｜干刈あがた｜●離婚を機に始まる家族の優しく切ない物語

P+D BOOKS ラインアップ

海市　福永武彦　●親友の妻に溺れる画家の退廃と絶望を描く

風土　福永武彦　●芸術家の苦悩を描いた著者の処女長編作

夜の三部作　福永武彦　●人間の〝暗黒意識〟を主題に描く三部作

夢見る少年の昼と夜　福永武彦　●〝ロマネスクな短篇〟14作を収録

加田伶太郎 作品集　福永武彦　●福永武彦〝加田伶太郎名〟珠玉の探偵小説集

廃市　福永武彦　●退廃的な田舎町で過ごす青年のひと夏を描く

P+D BOOKS ラインアップ

罪喰い	赤江 瀑	●〝夢幻が彷徨い時空を超える〟初期代表短編集
春喪祭	赤江 瀑	●長谷寺に咲く牡丹の香りと〝妖かしの世界〟
おバカさん	遠藤周作	●純なナポレオンの末裔が珍事を巻き起こす
宿敵 上巻	遠藤周作	●加藤清正と小西行長 相容れぬ同士の死闘
宿敵 下巻	遠藤周作	●無益な戦。秀吉に面従腹背で臨む行長
銃と十字架	遠藤周作	●初めて司祭となった日本人の生涯を描く

P+D BOOKS ラインアップ

ヘチマくん	遠藤周作	●太閤秀吉の末裔が巻き込まれた事件とは?
フランスの大学生	遠藤周作	●仏留学生活を若々しい感受性で描いた処女作品
春の道標	黒井千次	●筆者が自身になぞって描く傑作〝青春小説〟
裏ヴァージョン	松浦理英子	●奇抜な形で入り交じる現実世界と小説世界
快楽(上)	武田泰淳	●若き仏教僧の懊悩を描いた筆者の自伝的巨編
快楽(下)	武田泰淳	●教団活動と左翼運動の境界に身をおく主人公

P+D BOOKS ラインアップ

残りの雪（上）	立原正秋	●古都鎌倉に美しく燃え上がる宿命的な愛
残りの雪（下）	立原正秋	●里子と坂西の愛欲の日々が終焉に近づく
剣ケ崎・白い罌粟	立原正秋	●直木賞受賞作含む、立原正秋の代表的短編集
サド復活	澁澤龍彥	●サド的明晰性につらぬかれたエッセイ集
マルジナリア	澁澤龍彥	●欄外の余白（マルジナリア）鏤刻の小宇宙
玩物草紙	澁澤龍彥	●物と観念が交錯するアラベスクの世界

P+D BOOKS ラインアップ

P+D BOOKS ラインアップ

虫喰仙次	色川武大	●戦後最後の「無頼派」、色川武大の傑作短篇集
小説 阿佐田哲也	色川武大	●虚実入り交じる「阿佐田哲也」の素顔に迫る
遠い旅・川のある下町の話	川端康成	●川端康成の珠玉の「青春小説」二編が甦る！
親友	川端康成	●川端文学「幻の少女小説」60年ぶりに復刊！
廻廊にて	辻邦生	●女流画家の生涯を通じ〝魂の内奥〟の旅を描く
夏の砦	辻邦生	●北欧で消息を絶った日本人女性の過去とは…

P+D BOOKS ラインアップ

眞晝の海への旅	辻 邦生	●暴風の中、帆船内で起こる恐るべき事件とは
大世紀末サーカス	安岡章太郎	●幕末維新に米欧を巡業した曲芸一座の行状記
前途	庄野潤三	●戦時下の文学青年の日常と友情を切なく描く
鞍馬天狗 1 角兵衛獅子 鶴見俊輔セレクション	大佛次郎	●〝絶体絶命〟新選組に取り囲まれた鞍馬天狗
鞍馬天狗 2 地獄の門・宗十郎頭巾 鶴見俊輔セレクション	大佛次郎	●鞍馬天狗に同志斬りの嫌疑！ 裏切り者は誰だ！
鞍馬天狗 3 新東京絵図 鶴見俊輔セレクション	大佛次郎	●江戸から東京へ時代に翻弄される人々を描く

（お断り）

本書は1975年に新潮社より発刊された文庫を底本としております。
あきらかに間違いと思われるものについては訂正いたしましたが、
基本的には底本にしたがっております。
また、底本にある人種・身分・職業・身体等に関する表現で、現在からみれば、
不当、不適切と思われる箇所がありますが、著者に差別的意図のないこと、
時代背景と作品価値とを鑑み、著者が故人でもあるため、原文のままにしております。

深沢七郎（ふかざわ しちろう）
1914年（大正３年）１月29日—1987年（昭和62年）８月18日、享年73。山梨県出身。1956年『楢山節考』で第１回中央公論新人賞を受賞。代表作に『笛吹川』『みちのくの人形たち』など。

人間滅亡の唄

2017年11月12日　初版第1刷発行
2025年7月9日　第4刷発行

著者　深沢七郎

発行人　石川和男
発行所　株式会社　小学館
〒101-8001
東京都千代田区一ツ橋2-3-1
電話　編集　03-3230-9355
　　　販売　03-5281-3555
印刷所　株式会社DNP出版プロダクツ
製本所　株式会社DNP出版プロダクツ
装丁　おおうちおさむ（ナノナノグラフィックス）

ISBN978-4-09-352321-9
日本音楽著作権協会（出）許諾第1712042-701号

P+D BOOKS